Nesin Yayıncılık Ltd. Şti.
İnönü Mahallesi Küçük Bayır Sokak No: 46 Şişli/İstanbul
Tel: 0212 291 49 89 • Faks: 0212 234 17 77
nesin@nesinyayinevi.com • www.nesinyayinevi.com

Nesin Yayınevi'nde
Eylül 2005-Ekim 2008 arasında 10 kez, toplam 73 bin adet basılmıştır.
Onbirinci basım Şubat 2009 (15000 adet; 2500 adedini sel aldı)
Onikinci basım Ekim 2009 (10000 adet)

İlk basım 1967
1967-2005 arasında 44 kez, toplam 277 bin adet basıldığı bildirilmiştir.

Genel Yönetmen
Ali Nesin

Yayın Yönetmeni
Atay Eriş

Yayın Yönetmeni Yardımcısı
Süleyman Cihangiroğlu

Kapak Düzeni
İlhan Bilge

Resimleyen: Semih Poroy

001 01 01 036 - 36

ISBN 978-975-9038-45-8
Sertifika No: 11473

Baskı ve cilt: Yazın Basın Yayın Matbaacılık Turizm Tic. Ltd. Şti. Çiftehavuzlar Cad. Prestij İş Merkezi
No: 27/806 Zeytinburnu/İstanbul Tel: 0212 565 01 22 Sertifika No: 12028

Aziz Nesin

Şimdiki Çocuklar Harika

roman

Resimleyen

Semih Poroy

NESİN YAYINEVİ

Bölüm Başlıkları

"Ben terbiyeyi,
terbiyesizlerden öğrendim."

Ebu'l-Alâ el Maarî 973-1057

Charlie Chaplin,
"Dinle beni Walt, çocukları
akıllı uslu, büyükleri de çocuk
olarak al," derdi.

Walt Disney

Bu romanı, salt çocuklar için değil, anababalarla öğretmenler için de yazdım.

Aziz Nesin

Bu romanda, çocukların gözüyle
büyüklerin nasıl göründüğü
anlatılıyor.

Bu romanda çocuklar,
anababalarını, öğretmenlerini ve
büyüklerini eleştiriyor.

Bu roman, çocuk eğitiminde
gerekli sanılan, günümüzde
geçerli bitakım değer yargılarının
yanlışlığını anlatıyor.

Bu roman, çocukların
büyüklerine karşı haklarını
ve kendilerini savunmalarıdır.

15 Ocak 1967 günü "Yeni İstanbul" gazetesinin birinci sayfasında şu haber çıkmıştı:

Ceza, Çocuğa Bırakılırsa

İlkokul ikinci sınıf öğrencileri, "Siz baba olsanız, babanız da çocuğunuz; suç işlediğinde ona ne ceza verirdiniz?" sualini başarıyla cevaplandırdılar.

Yaş ortalaması 8 olan çocuklar, öğretmenin, "Babanız çocuğunuz, siz de baba olsaydınız, büyük bir kabahat yaparsa, ona ne ceza verirdiniz?" şeklinde yazılı anketini cevaplandırmaya çalışıyorlardı. Henüz sınav heyecanı bilmeyen, duygularını minicik elleriyle, olduğu gibi kâğıda dökmeye çalışan bir yavrunun kurşunkalemi şu kelimeleri sıralıyordu:

"Onu bir topal ata bindiririm. Üstüne çadır örterim. Çadırın tepesine bir bıçak asarım. At topalladıkça bıçak kafasına dokunsun, akıllansın."

Esentepe Gazeteciler Mahallesindeki Mareşal Fevzi Çakmak İlkokulunun ikinci sınıfında yapılan bu anket ailelerin içyüzünü, çocukların muhayyilesini ve kendilerine verilen cezanın ağırlığını bütün çıplaklığıyla ortaya koyuyordu.

Gazeteciler arasında konuşkanlığıyla tanınan ve her fırsatta çocuğuna öğütler veren bir babaya, yer değiştirdikleri takdirde çocuğunun uygulamak istediği ceza; "Ağzına fermuar dikerim"di.

Annesi üvey olan bir kız çocuğu "Gezmeye götürmem", bir sütçünün oğlu "Eşeklerin yanında yem yesin", şiddetli baskı altında tutulan bir çocuk "Olmaz, çocuk da olsa babaya el kalkmaz" diye cevap veriyordu.

Okul öğrencilerinin yarısı, gazeteci ailelerin çocukları, yarısı da çevredeki gecekondulardan gelen yavrulardı. Anket, bu iki grup ailedeki görgü ve eğitim ayrımını bütün çıplaklığıyla göz önüne seriyordu. Yaşayış şartları normal olan yavrular, "İyilikle söylerdim"; "Poposuna usulca vururdum"; "Yemek vermezdim"; "İçinde fare olan tuvalete kapatırdım"; "İğne yaptırırdım"; "Denize atardım, yüzme biliyor" gibi cezaları babalarına layık görürken, gecekondu bölgesinde oturan çocukların cevapları çok daha ağırdı: "Bir tencere çorbayı kafasına geçirirdim"; "Ayaklarından tavana asardım"; "Baltayla keserim"; "Kelepçelerim"; "Ağaca bağlar, kırbaçlarım"; "Yerim"; "Pastırma gibi doğrarım"; "Eşek sudan gelene kadar döverim"; "Kaynar suyla haşlarım".

23 Nisan 1967 "Çocuk Bayramı" günü, "Cumhuriyet" gazetesinin birinci sayfasında şu yazı çıkmıştı:

Her Üç Çocuktan Biri Annesinden Memnun Değil

Şükran Soner

Anneler istedikleri zaman çocukları hakkında fikir yürütmek, onları tenkit etmek, beğendikleri veya doğru bulmadıkları hareketlerini söylemek imkânına sahiptirler. Fakat çocukların, anneleri hakkında fikirlerini rahatça açıklamak imkânına sahip oldukları pek söylenemez. Çocuklar pek tabii olarak sevmeleri ve saymaları gereken anneleri hakkında ne düşünüyorlar?

Bu konuda Gazipaşa ve Sultanselim İlkokulları öğrencileri arasında yaptığımız ankette ilkokul çağındaki 350 çocuktan 235'i, annelerini çok sevdiklerini, buna rağmen kendi annelerinde, ideal annede olması gereken birtakım vasıfları bulamadıklarını belirtmişlerdir. 350 çocuktan yalnız 105'i, kendi anneleriyle hayallerindeki ideal anne arasında bir fark görmediklerini söylemişlerdir. Çocukların samimi olmaları için kâğıtlarına isim yazmamaları söylendiği ve yazdıklarını kimsenin bilmeyeceği hatırlatıldığı halde samimi olmaya cesaret edemeyeceklerin bulunabileceği de hesaplanırsa, kendi annelerinde, ideallerindeki annenin vasıflarını bulamayan çocukların sayısının büyük bir çoğunluk olduğu görülür.

Üç Soru

Gazipaşa ve Sultanselim İlkokulu öğrencilerine kompozisyon şeklinde sorduğumuz üç soruda, ideallerindeki anneyi, kendi annelerini ve ideallerindeki anneyle kendi anneleri arasındaki farkları anlatmalarını istemiştik.

Anket sonunda yapılan tasnifte, çocukların annelerinden en çok arkadaşça bir ilgi bekledikleri anlaşılmıştır: 350 çocuktan 157'si kendileriyle yakından ilgilenen, 137'si problemlerine arkadaşça eğilen bir anne istediklerini belirtmişler, 11'i ise annelerinin aşırı titizliğinden şikâyet etmişlerdir.

Çocukların annelerinden en çok şikâyet etmelerine sebep olan özellikse, sinirlilikleridir. 78 çocuk, annesinin çok sinirli olmasından dert yanmış, 73'ü ise ideal annenin sinirli olmamasını şart koşmuştur.

Tahminlerin aksine çocukların ideal annede önem verdikleri ve kendi annelerinden şikâyet etmelerine yol açan üçüncü konu, güzellik ve özellikle güzel giyimdir. Özellikle kız çocukları, annelerinin giyimine çok geniş yer vermişler, fizik tariflerini uzun uzun yapmışlardır. İdeal annenin güzel giyinmesi gerektiğini ileri süren çocuk sayısı 88'dir. 91 çocuk güzel anne istediğini söylemiş, 38'i annesinin evde çirkin kılıkla dolaşmasından üzüntü duyduğunu, 3 çocuk ise annesini çirkin bulduğunu belirtmiştir.

Asık Surat

Çocukların en çok birleştikleri başka bir konu, annenin iyi kalpli, güler yüzlü, çevresine karşı anlayışlı, sevimli bir insan olması gerektiğidir. Annelerinde bu vasıfları görmek isteyen ve asık suratlı annelerden şikâyet eden çocukların toplamı 215'tir.

İlkokul çağındaki çocukların ideal anne tarifinde belirttikleri ve kendi annelerinde bulamadıkları başka vasıflar ise şöyle sıralanabilir:

Kültürlü anne (87 çocuk), temiz, çalışkan ve fedakâr anne (178 çocuk), gezmeye çocuklarını ve ailesini ihmal edecek kadar meraklı olmayan, çevresindekilerle iyi geçinen, ahlak kurallarına bağlı, alkol, sigara gibi alışkanlıkları olmayan anne tipi (181 çocuk).

"Cumhuriyet" - 24 Nisan 1967

[.....}

Bir Gerçek

Anneler dikkat! Yukarıdaki yazılardan biri sizin çocuğunuza ait olabilir. Veya sizin çocuğunuzun küçücük kafasından geçen düşüncelerin bir benzeridir. Çünkü bu yazılar ilkokul çağındaki çocukların, isimsiz kâğıtlara yazdıkları *"İdeal Anne"* tariflerinden alınmıştır. Ve belki de bu tariflerde, çocuğunuzun sizin şahsınızda görmek istediği ideal anne tipi anlatılmaktadır.

Çok ender rastlanan bazı özel durumlar dışında her çocuğun annesini sevmesi çok tabii ve tartışılmaz bir gerçektir. Fakat bir çocuğun annesini sevmesi, hiçbir zaman onu bütün vasıflarıyla beğendiği anlamına gelmez. Anketimize katılan 350 çocuktan 235'inin, annesinde beğenmediği birtakım vasıfların bulunduğunu söylemesi bunun açık bir delilidir.

Anneler, çocuklarınızın, hakkınızda ne düşündüklerini ve hangi vasıflarınızdan dolayı sizden şikâyetçi olduklarını öğrenmek istemez misiniz?

Çocuğunuzun idealindeki annenin yerini almak istiyorsanız, anketin sonuçlarına göre yapacağınız ilk hareket, sinirlerinize hâkim olmaya çalışmaktır. Çünkü çocuklarınız en fazla sizin sinirli olmanızdan şikâyet etmektedirler.

Ve sinirli olmamayı başardığınız an çocuğunuza yaklaşmaya, ona arkadaşmışçasına yardım etmeye çalışınız. Derslerinde ve tek başına çözemeyecekleri problemleri olduğu zaman muhakkak yanlarında olunuz.

Çocuğunuzun en aşağı sizin kadar zengin bir iç dünyası olduğunu düşünerek, onun kişiliğine önem veriniz ve sizi her zaman güzel görmek istediğini unutmayınız. Evde taranmamış saçla, düşük çorapla gezmeyiniz.

Çocuğunuza bir arkadaş gibi davranmalı, hatta onunla birlikte oyun bile oynamalısınız. Her zaman güler yüzlü, sevimli olmalı, asla fazla ciddi, asık suratlı olmamalısınız. Onun bir çocuk olarak eğlenmek hakkına sahip olduğunu unutmadan, aşırı ciddiyetinizle küçücük yaşlarda yaşama zevkini kaybetmesine sebep olmayınız.

"Günaydın" - 29 Mart 1972

Çocuklar, Sigara İçen Annelerini Sevmiyor

Beyhan Gürtuna

Kadıköy'de ilkokul öğrencileri arasında yapılan ankette her üç öğrenciden birinin annesinden şikâyetçi olduğu anlaşıldı. Çocukların yüzde sekseni sarışın anne istiyor ve içki içen anneleri sevmiyor.

Bir Anketin Ortaya Koyduğu Gerçek

Kadıköy'de ilkokul öğrencileri arasında yapılan bir ankette her üç öğrenciden birinin annesinden şikâyetçi olduğu görülmüştür.

Çocukların anneleri hakkında ne düşündüklerini merak eden Psikolog Işık Bayraktaroğlu, Kadıköy'deki ilkokul öğrencileri arasında bu konuda bir anket yapmıştır. 9 ile 12 yaşları arasındaki 350 öğrenci arasında yapılan ankette öğrencilerin 157 tanesi kendisiyle yakından ilgilendiğini, 140'ı problemlerine arkadaşça eğildiğini söylemiş, annelerinin aşırı titizliğinden şikâyet etmiştir.

Psikolog Işık Bayraktaroğlu: "Yaptığım ankette çocukların yüzde 80'i sarışın anne istiyor, bunun sebebi olarak çocukların sarışın anneleri yumuşak olarak kabul etmeleri gösterilebilir. Birçok öğrenci de annelerinin sinirli olmamasını istiyor. Bunun yanında öğrenciler bilhassa alkol alan ve sigara içen anne istememektedir," demektedir.

"Yeni İstanbul" - 8 Nisan 1972

Allah, anne-baba, evlilik, televizyon, sinema, yemek, tabiat, hepimizin günlük yaşantımızda sık sık rastladığı ve kullandığı kavramlardır. "Yeni İstanbul" minik okuyucularının da bu konulardaki görüşlerini araştırdı ve ilkokul öğrencileriyle uzun uzun sohbet ederek düşüncelerini tespit etti. Sorularımızı cevaplandıran öğrencilerin hemen hemen hepsi 7-9 yaşları arasındaydı.

Anne-baba

"Anne ve babam dünyanın en iyi büyükleridir. Onlar da öğretmenim gibi beni severler. Bana şeker, pasta alırlar. Onlarsız bir yerde kalamam. Annem de babam da cicidir."

Zeynep Köksal

Evlilik

"Ablam bir ay sonra evlenecek. Çok üzülüyorum. O zaman bizim yanımızdan ayrılacakmış."

Rana Tezcan

Diğer öğrencilerin çoğu bu konuda utanarak bir şey söylemekten kaçınmışlardır.

Sinema

"Sinemaya gitmeyi çok severim. Kovboy filmleri çok az oynatılıyor."

Kâmil Köksal

Allah

"Her yaptığımızı seyrediyor Allah. Yaramazlıklara çok kızar."

Aliye Gören

İlk Mektup

Ankara, 12 Kasım 1963

Kardeşim Ahmet,

Seninle sürekli mektuplaşacağımıza söz vermiştik. Nedense bana güvenememiştin. "Ankara'ya gidince yeni arkadaşlar edinirsin, bizi unutursun Zeynep," demiştin.

Bak, hiç de unutmadım sizleri. Sözümde duruyorum.

Ankara'daki evimize yerleşeli bir hafta oldu. Daha önce mektup yazamadım. Çünkü, burda okula yeni yazıldım. Yeni evimizin adresini babamdan dün öğrenmiştim. İlk işim sana mektup yazmak oldu.

Ders yılı ortasında Istanbul'daki okulumdan ayrılmayı hiç istemiyordum. Dört yıldan çok, bir sınıfta okuduğumuz arkadaşlarıma da alışmıştım. Ama babamın yeni işi Ankara'da. Istanbul'dayken söylemiştim sana; yakın arkadaşları babamı burda daha iyi bir işe aldırttılar. Babam, üç sınıf arkadaşıyla birlikte, bir şirkette çalışıyor. Üstelik onlarla hep bir apartmanda oturuyoruz. Arkadaşları babama Ankara'da hem bir iş buldular, hem de kendi oturdukları apartmanda boş bir daire. Babamın üç sınıf arkadaşının da çocukları var. Aynı apartmanda, küçüklü büyüklü dokuz çocuğuz. Beşimiz aynı okula gidiyoruz. İkimiz de aynı sınıftayız. Kardeşim

Metin, yeni okuluna, yeni arkadaşlarına daha alışamadı. Ben burasını hiç yadırgamadım.

Birbirimize başımızdan geçecek önemli olayları yazmaya söz vermiştik. Yeni eve taşınmak, yeni bir okula gitmek, yeni arkadaşlarla tanışmak, oldukça önemli olaylar. Bunlardan başka, yazmaya değer önemli bişey olmadı.

Istanbul'daki okul arkadaşlarımı, daha şimdiden çok özledim. Sizlerle bir daha kimbilir nerde, ne zaman görüşebileceğiz.

Senin de sözünde durup mektup yazacağını umuyorum. Bütün arkadaşlara selamlar eder, hepinize başarılar dilerim.

Sınıf arkadaşın
Zeynep Yalkır

Amerika'yı Yapan Mimar

Istanbul, 15 Kasım 1963

Sevgili Kardeşim Zeynep,

Mektubunu alınca çok sevindim. Sağol. Doğrusu, Ankara'daki okula gidince bizi unutursun sanıyordum. Mektubunu sınıfta bütün arkadaşlara okudum. Hepsi de sevindi. Sana selam yazmamı söyledi.

Ben de verdiğim sözü tutuyorum. Burda geçen önemli olayları sana yazacağım.

Sen burdan gittikten biriki gün sonra, hiç unutamayacağım bişey oldu. Onu anlatayım sana.

Öğretmenimiz bir sabah, okula müfettiş geleceğini söyledi. Çok heyecanlıydı. Ama biz daha çok heyecanlandık.

O gün müfettişin, burda yakınlarda olan başka okullara da gittiğini duyduk. Başka okullardaki arkadaşlarımıza, müfettişin ne yaptığını sorduk. Onların söylediğine göre, müfettiş her girdiği sınıfta öğretmene, "Bir problem yazdırın da öğrencileriniz çözümlesin," diyormuş. Sonra, yine öğretmene, öğrencilere bir şiir yazdırmasını söylüyormuş. Yazılanları gözden geçiriyormuş. Ondan sonra, bikaç öğrenciye hep aynı soruları soruyormuş. Sorduğu sorular da şunlarmış:

"Amerika kaç yılında keşfedildi?", "Ençok sevdiğin insan kimdir?", "Istanbul'u kim fethetti?", "Süleymaniye Camisini kim yaptı?".

Öğretmenimiz bize yeni defterler aldırttı. Karatahtaya çok zor bir problemle çözümünü yazdı.

– Bunu defterinize olduğu gibi geçirin! dedi.

Hepimiz defterlerimize, karatahtadaki o problemle çözümünü geçirdik. Sonra öğretmenimiz, karatahtaya bir de şiir yazdı.

– Bunu da defterinize dikkatle geçirin! dedi.

Şiiri de yazdık defterlerimize. Sonra öğretmenimiz defterlerimize baktı. Doğru yazıp yazmadığımızı denetledi. Yanlış yazılanları düzeltti.

– Çocuklar, Müfettiş Bey dersanemize gelirse, ben size bu problemle bu şiiri yazdıracağım... dedi.

Bütün bu işler olup bittikten sonra,

– Şimdi de bazı soruların cevaplarını öğreneceksiniz. Müfettiş Bey kaldırıp sorarsa birinize, makine gibi çabuk cevap vereceksiniz... dedi.

Sonra bize, soruları ve cevaplarını ezberletti.

– Amerika kaç yılında keşfedildi?

Hep bir ağızdan bağırıyorduk:

– 1492.

– Dünyada ençok sevdiğin kim?

Bu soruya herkes başka türlü cevap verdiği için bir uğultu-gürültü yükseliyordu. Kimimiz "Atatürk", kimimiz "Annem" yada "Babam" diye bağırıyorduk.

Sonra öğretmenimiz üçüncü soruyu soruyordu:

– Istanbul'u kim fethetti?

Şıp diye cevabı yapıştırıyorduk:

– Fatih Sultan Mehmet.

– Süleymaniye Camisini kim yaptı?

Öğretmenimiz sorusunu bitirmeden, ezberlediğimiz cevabı, hep birden bağırıyorduk:

– Mimar Sinan...

İki gün hep bu sorularla cevaplarını ezberledik. Öğretmenimiz sık sık "Sakın unutmayın ha!" diyordu.

Ben artık içimden, arka arkaya cevapları diziyordum: "1492. Babam. Fatih Sultan Mehmet. Mimar Sinan. 1492. Babam. Fatih Sultan Mehmet. Mimar Sinan. 1492. Babam..."

Öyle alışmıştım ki, nerde olsam, elimde olmadan, bu cevapları sırasıyla mırıldanıp duruyordum.

Bir sabah annem,

– Hasta mısın? diye sordu.

– Değilim... dedim.

– Bütün gece, "1492, Babam, Fatih Sultan Mehmet, Mimar Sinan..." diye sayıklayıp durdun da, ateşin yükseldi sandım... dedi.

O gün ilk derste müfettiş sınıfımıza geldi.

Bilirsin, ben öyle çok heyecanlı değilimdir ama, nedense o gün çok heyecanlandım. Titriyordum heyecandan. Belki de öğretmenin heyecanı bana geçmişti. Çünkü onun ellerinin titrediğini gördüm.

Müfettiş,

– Öğrencilerinize bir şiir yazdırınız... dedi.

Bunun üzerine öğretmenimiz bize,

– Yazın! dedi.

Daha önce defterlerimize yazdırdığı şiiri okumaya başladı. Şiir, önceden defterlerimizde yazılıydı. Arkadaşların çoğu şiiri bile yazmıyor, yazarmış gibi yapıyordu.

Öğretmenimiz şiiri okumasını bitirdi. Müfettiş, teker teker defterlerimize baktı. Hiçbirimizinkinde imla yanlışı bulamadı. Öğretmenimize,

– Teşekkür ederim, öğrencilerinizi iyi yetiştirmişsiniz, dedi.

Solumdaki sırada oturan Cengiz'in defterine bakmamıştı.

– Bakayım defterine... dedi.

Cengiz defterini uzattı.

Müfettiş,

– Bu ne? dedi.

– Şiir efendim.

Müfettiş,

– Bu nasıl şiir? diye bağırınca, başımı uzatıp yan gözle baktım.

Cengiz heyecandan yanlışlıkla, şiir yazılı diye, önceden matematik probleminin yazılı olduğu sayfayı açmış.

– Nerde yazdığın şiir?

Azkaldı, Cengiz şiir yazılı öbür sayfayı açacaktı. Müfettişin arkasına gelen öğretmenimiz, eliyle, gözüyle işaretler yapmaya başlayınca, Cengiz durumu anladı.

– Şiiri yazamadım efendim... dedi.

Öğretmenimiz hâlâ eliyle Cengiz'e işaretler yaparken, Müfettiş birden geriye döndü.

– Bir de matematik problemi yazdırın da çözümlesinler... dedi.

Öğretmenimizin yüzü kıpkırmızı olmuştu.

Müfettişin önce problem yazdıracağını, sonra şiir yazdıracağını sanıyorduk. Bize öyle söylemişlerdi. Müfettiş, soru sırasını değiştirince Cengiz de şaşırmıştı.

Cengiz'in defteri müfettişin elindeydi. Onun için öğretmenimiz eskisinden başka bir problem yazdırdı. Matematikten hep pekiyi alırım, bilirsin. Artık öyle şaşırmışız ki, problemi ben bile çözümleyemedim. Defterlerimize bakan müfettiş suratını buruşturdu. Öğretmenimiz çok utanmıştı. İçimden, "Müfettiş, ah, beni kaldırıp sorsa da makine gibi cevaplar versem," diyordum. Öğretmenimizin yüzünü ağartmak istiyordum. Kendi kendime boyuna: "1492. Babam. Fatih Sultan Mehmet. Mimar Sinan. 1492..." diye mırıldanıp duruyordum.

Sanki içimden geçenleri okumuş gibi, müfettiş bana,

– Sen kalk! dedi.

Sevinçle fırladım. Sonradan bana arkadaşların söylediğine göre, müfettiş,

– Kaç yaşındasın? diye sormuş.

Ben heyecandan soruyu anlayamadığım için, Amerika'nın keşfini soruyor sandım,

– 1492 efendim... diye bağırdım.

Şaşkınlıktan gözleri büyüyen müfettiş,

– Neee? Kaç yaşındasın? diye bir daha sordu.

Ben de, doğru cevap verdiğimi sanarak,

– 1492 efendim... diye daha yüksek sesle bağırdım.

Müfettiş,

– Istanbul'u kim fethetti? diye sormuş.

Ben ezberlediğim cevap sırasına göre,

– Babam... dedim.

Müfettişin, soruların sırasını değiştireceğini önceden hiç düşünmemiştim.

Müfettiş ayağını yere vurup bağırdı:

– Istanbul'u kim fethetti, diye soruyorum.

– Babam, efendim.

– Senin baban kim?..

– Mimar Sinan.

– Ağzından çıkanı duymuyor musun oğlum. Babanı soruyorum, Mimar Sinan diyorsun.

İşte ancak o zaman kırdığım potu anlayabildim. Ama heyecandan, müfettişin de bağırmasından öyle şaşırmıştım ki, bitürlü kendimi toparlayamıyordum.

– Peki, Mimar Sinan ne yaptı?

Artık büsbütün şaşırmıştım. O şaşkınlıkla,

– Istanbul'u fethetti efendim... diye bağırdım.

– Kim?

Sözde yanlışımı düzeltmek için,

– Mimar Süleyman... dedim.

– Süleymaniye Camisini kim yaptı öyleyse?

– Sultan Sinan Fatih...

Kelimeleri birbirine karıştırdığımı sezinliyordum ama, artık toparlanamıyordum.

Müfettiş öyle kızmıştı ki, kızgınlıkla o da şaşırıp,

– Oğlum, dedi. Amerika'yı yapan Mimar Sultan Mehmet'tir, Süleymaniye Camisini de keşfeden Fatih Sinan'dır.

Çocuklar kendilerini tutamayıp kıkırdayarak gülüşmeye başlayınca, müfettiş yanlış söylediğini anladı. Yanlışını düzeltmek istedi:

– Yani Sinaniye Camisini Mimar Süleyman yaptı, Fatih'i Mimar Sultan Mehmet fethetti demek istiyorum...

Yine yanlış söylediğini anlayıp,

– Beni de şaşırttın be çocuk!.. dedi.

Kızgınlıkla başını sallaya sallaya, kapıyı hızla çarpıp dersaneden çıktı.

Dersanede çıt yoktu. Bisüre sonra öğretmenimiz,

– Yazıklar olsun!.. dedi.

Bu sözü, bana mı, müfettişe mi, yoksa kendisi için mi söylediğini anlayamadım.

Bu olayın beni nasıl üzdüğünü anlatamam. Her hatırlayışımda utanıyorum. Oysa, çabuk çabuk cevaplar verip, öğretmenimizin yüzünü ağartmak istemiştim.

Söz verdiğin gibi, sen de bana orada olup bitenleri yaz, e mi? Mektuplarını bekliyorum. Ben de sana başarılar dilerim kardeşim.

Sınıf arkadaşın

Ahmet Tarbay

Bütün Babalar Birinci

Ankara, 19 Kasım 1963

Sevgili Kardeşim Ahmet,

Cevabın için çok teşekkür ederim. Bana hep böyle uzun mektuplar yaz. Ben de sana burda olanları uzun uzun yazacağım. Mektubunu okurken gözümün önüne geldin. Seni, müfettişin karşısında tasarladım. Öyle güldüm, öyle güldüm ki...

Sana biraz burasını anlatayım. Dört katlı bir apartmanda oturuyoruz. Her katta iki daire var. Bizim dairemiz ikinci katta. Geçen mektubumda, babamın üç sınıf arkadaşının da bu apartmanda oturduklarını yazmıştım.

Apartmanın arkasında büyücek bir bahçe var, ama çok bakımsız, boş bir arsa. Akşamları, apartmandaki çocuklarla burada oynuyoruz. Geçenlerde bir akşam yine oynuyorduk burada. Çocuklar, babalarının çalışkanlıklarıyla övünüyorlardı. Her çocuk, kendi babasının öbürlerininkinden daha çalışkan olduğunu iddia ediyordu. Daha çok küçük çocuklar tartışıyorlardı. Üçüncü sınıfa giden kardeşim Metin hepsinden baskın çıkmaya çalışıyordu. Avurtlarını şişire şişire: "Benim babam var ya, benim babam..." deyip duruyordu.

Gerçekten de öğrenciyken babam çok çalışkanmış. Kendisi herzaman böyle anlatır bize.

Tartışma çok kızıştı.

Metin,

–Benim babam hepinizin babasından daha çalışkan, dedi, okuldayken sınıflarını hep birincilikle geçermiş...

Babamın sınıf arkadaşlarından birinin çocuğu,

–Yok canıııım! diye alay etti Metin'le.

Başka bir çocuk da,

–Kim demiş onu? dedi.

Metin, göğsünü kabartarak,

–Babam kendisi söyledi... dedi, sonra durdu, ekledi: İnanmazsanız, kendi babanıza sorun, hepsi bir sınıfta okuyorlarmış. Babanız söylesin size doğrusunu.

Biz büyük çocuklar, bu tartışmaya karışmazken, benim sınıfımdan bir kız, kardeşime,

–Yalancı, dedi, birinci benim babammış...

Başka bir çocuk horoz gibi atıldı:

–Asıl yalancı senin gibisine derler. Benim babam, bikez bile sınıfının ikincisi olmamış. Hep sınıfının birincisiymiş. Anladın mı sen?

–Bal gibi yalan işte... Senin baban atmış... Her yıl sınıfının birincisi olan asıl benim babam...

–Benim babam atmaz bikez...

Büyük çocukların karışmasına canım sıkıldı. Tartışma gittikçe kızışıyordu. Kardeşim, beni tanık gösterdi:

–Öyle değil mi abla? Babam hep birinci değil miymiş? Sen söylesene şunlara...

–Tabii öyle... dedim.

Bu sözüm, ortalığı büsbütün karıştırdı. Metin'i yatıştırmak için,

–Sen aldırma onlara, onlar öyle bilsinler de boş yere avunsunlar... Ne çıkar... dedim.

Hepimizden büyük olan ortaokul öğrencisi bir çocuk, bilgiçlik taslayarak,

– Çocuklar, dedi, yanılıyorsunuz. Ne senin, ne senin, ne de senin baban birinci... Sınıfını hep birincilikle geçen benim babam...

Metin ona,

– Pışşşt... dedi.

– Pıştmış... Git de babana sor bakalım...

– Senin baban da atmış.

– Sen onu affetmişsin...

Tartışma yeniden kızışınca, ortaokuldaki o kocaman çocuğun üstüne sıçrayan Metin'i kolundan çekip zorla ayırdım ordan. Merdiveni çıkarken,

–Yalancılar, n'olacak... Benim babam birinci işte!.. diye ağlıyordu.

Eve girince doğru annemin yanına koştu,

–Babam birincisi değilmiş sınıfının. Babam atıyormuş... dedi.

Annem kızdı, Metin'i azarladı:

–Sus bakayım! O nasıl sözmüş!.. Şimdi ağzına biber doldururum.

Kardeşim de sinip sustu. Onu avutmak için,

–Niçin kızıyorsun, dedim, belki biz yanlış biliyoruz. Belki babam onların sınıf arkadaşı değildi.

–Ama onlar sınıf arkadaşı olduklarını kendileri söylüyorlar...

–En iyisi, akşam, gelince babama sorarız, doğrusunu öğreniriz.

İçime kuşku düşmüştü. Ben de merak ediyordum. Akşam yemeğinde babama; apartmanda oturduğumuz arkadaşlarla bir sınıfta mı okuduklarını sordum.

–Evet kızım, dedi, dördümüz de sınıf arkadaşıyız.

Birisiyle üç yıl, öbür ikisiyle beş yıl hep bir sınıfta birlikteymişler.

Gündüz, annem, ağzına biber doldururum, diye kardeşimi azarladığı için başka bişey sormaktan çekindim.

Ertesi gün, okulda sıra arkadaşım olan kıza, babasının sınıflarını nasıl geçtiğini sordum.

–Benim babam sınıflarını hep birincilikle geçmiş... dedi.

Konuşmamızı duyan arkamızdaki sıradan bir çocuk da,

–Benim babam da öyle, dedi, hep birinciymiş okuldayken...

Derken, öbür çocuklar da bu konuşmaya katıldılar. Babasının okuldaki durumunu bilmeyen yalnız üç arkadaş çıktı sınıfta. Öbürlerinin hepsinin de babaları, sınıflarının birincisiymiş.

Ahmet, bu mektubumu alınca, sen de babana sor bakalım; o da sınıfının birincisi miymiş? Ben şimdiden senin babanın da sınıflarını birincilikle geçtiğine inanıyorum. Çünkü bütün babalar, nedense, hep birinci oluyorlar.

Anlattığım bu olaydan iki gün sonra kardeşimin öğretmeni, anneme mektup yazmış, okula çağırttı annemi. Öğretmeni, Metin'in derslerine çalışmadığından yakınmış. Akşam babam bunu öğrenince Metin'e çok kızdı, bağırdı. Sonra da önüne oturttu, öğüt verdi:

– Oğlum, sen niçin bana benzemedin? Ben bütün okul hayatımda sınıfımın en çalışkanıydım. Bikez bile ikinci olmadım. Hep birincilikle geçtim sınıflarımı. Ayıp değil mi bu senin yaptığın? Niçin derslerine çalışmıyorsun? Bir çocuk babasına bakıp ondan örnek almalı.

Babamın kızgınlığı geçmişti. Ben de onun yumuşamasından yüreklenip,

– Baba, Metin de bigün baba olunca, çocuklarına, sınıflarını birincilikle geçtiğini söyler, dedim.

Annem ne demek istediğimi anladı.

– Koca kız, dedi, artık çocuk değilsin ki senin de ağzına biber doldurayım. Büyükler konuşurken küçükler susar.

Ben de sustum. Babam hiç sesini çıkarmadı.

İşte Ankara'ya geldiğimizdenberi yazmaya değer bir bu olay geçti başımdan.

Bütün arkadaşlara selamlar. Sana da başarılar dilerim.

Arkadaşın

Zeynep Yalkır

Eski Öğrendiklerinizi Unutun

Istanbul, 23 Kasım 1963

Kardeşim Zeynep,

19 Kasım tarihli mektubunu alınca nasıl sevindiğimi anlatamam.

Sana acı bir haber vereyim, öğretmenimiz ayrıldı okulumuzdan. Başka bir ile atanmış. Ona çok alışmıştık. Ayrılışına üzüldük. Ağlayanlar bile oldu öğretmenimiz giderken. Ben kendimi çok tuttum ağlamamak için... Ama dersaneden tam çıkarken saçlarımı okşayınca kendimi tutamadım, boşandım. Müfettişin dersanemize gelişini yazmıştım sana. İşte o olaydan sonra benimle pek konuşmuyordu. Son günüydü, bikaç söz söyledi bize. Başarılar diledi.

– Bigün yine görüşmek üzere çocuklar... dedi.

Yanımdan geçerken saçımı okşadı, çıktı dersaneden.

Yeni öğretmenimiz erkek. İlk derste, daha önce neler bildiğimizi öğrenmek istedi. Teker teker kaldırdı hepimizi, sorular sordu. Cevaplarımızı beğenmedi.

– Çok yazık, çok... Hiç iyi yetişmemişsiniz! dedi.

Demir var ya, sınıfın en çalışkanı, onun verdiği cevapları bile beğenmedi. Hele benim cevaplarımdan sonra, "vah vah!" diyerek elini dizine vurdu.

Can sıkıntısıyla başını sallıyor,

– Size hiç mi bişey öğretmediler? Dersler boş mu geçti? Bunca zamandır ne öğrendiniz? deyip duruyordu.

Oysa ben doğru cevaplar verdiğimi sanıyordum.

Mine ağlamaklı bir sesle,

– Yanlış mı söyledim öğretmenim? dedi.

– Doğru, doğru ama... dedi, biraz durakladıktan sonra ekledi: Üstünkörü... Hepinizin cevapları üstünkörü...

Hiç ses çıkarmıyorduk, ama çok bozulduk. Yalnız, eski öğretmenimizden kırık not almış biriki çocuğun, yeni öğretmenin bu sözlerine sevindikleri yüzlerinden belliydi.

Demir kendini tutamayıp,

– Eski öğretmenimiz bizi çok çalıştırdı efendim... dedi.

Yeni öğretmenimiz biraz alaylı,

– Belli, dedi, verdiğiniz cevaplardan anlaşılıyor.

Kürsü önünde gidip geldikten sonra, sesini tatlılaştırarak,

– Çocuklar, dedi, eski öğrendiklerinizi hep unutacaksınız. Anladınız mı? Yeni baştan öğreneceksiniz herşeyi.

Demir, parmağını kaldırıp söz istedi,

– Ama öğretmenim, dedi, kitaplarımızda ne yazılıysa hep onları öğrenmiştik.

Öğretmen,

– Şimdi ben size eski öğrendiklerinizi unutacaksınız diyorum... dedi.

O ilk ders böyle geçti. Paydosta arkadaşlar ikiye bölündü. Kimisi eski öğretmenden, kimisi yeni öğretmenden yana oldu. Doğrusunu istersen, ben ortada kaldım.

Paydoslarda 5-B'den arkadaşlarla hep bu konu üzerinde konuştuk. Onların öğretmenleri de, ders yılı başında, yani daha yeni gelmişti bizim okula. O da, ilk derste tıpkı bizim yeni öğretmenin söylediklerini söylemiş. "Eskiden öğrendiklerinizi unutacaksınız," demiş.

Yeni öğretmenimizin bu tutumu, bazı arkadaşlarımızın işine yaradı. Bir soruya yanlış cevap verince,

– Bize eski öğretmenimiz böyle öğretmişti efendim... demeye başladılar.

O zaman da öğretmen,

– Ben size eski öğrendiklerinizi unutacaksınız, demedim mi? diye bağırıyordu.

İnsanın eskiden öğrendiklerini unutması hiç de kolay değilmiş. Bunu yalnız Demir başarabildi. Bigün müdürümüz bir derse girmişti. Dersimiz tarihti. Müdür neler öğrendiğimizi sınamak için Demir'i kaldırdı, sordu:

– Yeniçağ medeniyeti ne demektir?

Demir hiç cevap vermedi. Müdür başka bir soru yöneltti:

– Matbaayı kim icat etti?

Demir yine susuyordu. Onun çalışkan öğrenci olduğunu bilen müdür,

– Niçin cevap vermiyorsun? dedi.

Demir,

– Unuttum da ondan efendim, dedi.

– Amerika'nın keşfini anlat.

– Unuttum efendim...

– Rönesans ne demektir?

– Unuttum efendim.

Yavaş yavaş kızan müdür,

– Hepsini mi unuttun oğlum, ne biliyorsan onu anlat... dedi.

Demir,

– Hepsini unuttum... dedi, eskiden neler öğrendimse hepsini unuttum.

– Niçin?

– Öğretmenimiz öyle söyledi efendim. Eski öğretmenimizden neler öğrendikse, hepsini unutacaksınız, dedi.

Müdür beni kaldırıp:

– Hindistan deniz yolunu keşfeden kimdir?

Ne terslik! Adamın adı dilimin ucunda ama, bitürlü hatırlayamadım. Demir özellikle, "Unuttum," diyordu hep. Oysa ben gerçekten unutmuştum.

– Unuttum efendim... dedim.

Müdür, gözlük camlarının üstünden öğretmenimize baktı, bişey söylemeden gitti. Öğretmenimiz hiçbişey olmamış gibi,

– Gelelim Yavuz Sultan Selim'e... diye kaldığı yerden anlatmaya başladı.

Paydosta arkadaşlar, Demir'e de, bana da çok iyi yaptığımızı söylediler. Oysa ben, Hindistan deniz yolunu bulanın adını gerçekten unutmuştum.

Bak, bu unutmak neler açtı başıma. Okul-Aile Birliğinin ilk toplantısı için küçük bir müsamere verecektik. Ben de o müsamerede kendi yazdığım bir şiiri okuyacaktım.

Eski öğretmenimiz bize bir derste, koyunun çok yararlı bir hayvan olduğunu anlatmıştı: "Sütü sağılır, kuyruğundan yağ yapılır, eti yenir, tüylerinden iplik yapılır, derisi çok işe yarar, kemikleri kullanılır, dışkısı bile gübre olur." demişti.

Ben de bu dersten sonra işte şu şiiri yazmıştım:

KOYUN

Kuyruğundan yağ çıkar,
Memesinden süt verir,
Yumuşak tüyleri var,
Kumaş olur giydirir.
Boynuzundan sap olur,
Eti insana besi,
Derisinden kap olur,
Dışkısı da gübresi.
Her mayıs kuzusu var,
Kemiği işe yarar,
....

Bu şiirimi, eski öğretmenimize vermiştim. Beğenmişti.

– Sen bu şiiri, Okul-Aile Birliğine verilecek müsamerede okursun... demişti.

Ben de çok sevinmiştim. "Koyun" adlı şiirimi günlerce ezberledim. Müsamerede okurken, hiçbir aksaklık olmasın istiyordum. Ama işte o günlerde eski öğretmenimiz başka yere atanmıştı. Yeni öğretmenimiz, müsamerede benim de şiir okuyacağımı öğrenince, bana bu şiiri okuttu.

– Bu şiir olmaz, ben size kaçtır söylemiyor muyum, eski öğrendiklerinizi unutacaksınız diye? Benim söyleyeceğim şiiri ezberler, müsamerede okursun... dedi.

Okuma kitabımızdaki "Memleketim" başlıklı şiiri gösterdi.

– İşte bu şiiri ezberle de oku! dedi.

Ama bu şiiri ezberlemek için zaman kalmamıştı. Müsamere ertesi gündü. Sen o şiiri bilirsin. Siz de, bizim okuma kitabını okuyorsanız aç kitabı da bak. Şu şiir işte:

Ey topraklı mintanlar, ey yaldızlı fistanlar,
Ey bire kırk başaklar, otlar, bağlar, bostanlar,
Ve daha sık boy atan destanlar diyarı hey!

Ey o büyük insanı yetiştiren ananın,
Ey çilenin, sefanın, güvenişin, inanın,
Narin minarelerde Sinan'ın diyarı hey!

"Ey"le başlayıp, hep böyle "hey, hey"le biten bir şiir işte! Ben bu şiiri ezberlemeye çok çabaladım ama, zaman çokaz olduğundan iyice ezberleyemedim.

Ertesi sabah okula gelince öğretmenim,

– Sahneye çıkmadan önce burda prova yapalım. Oku şiiri! dedi.

Okudum.

– Olmuyor, şiir öyle okunmaz! dedi.

Bir daha okudum. Yine beğenmedi.

– Oğlum, dedi, şiir yoldan geçen herhangibirisine bir adres sorulur gibi okunmaz. Sesini yer yer titreteceksin, alçaltıp yükselteceksin. Heyecanlı yerlerde haykıracaksın. Kimi yerde tatlı bir fısıltıyla, kimi yerde aslanlar gibi kükreyerek okuyacaksın. Sonra, sol elini beline dayayıp, sağ yumruğunu ileriye, havaya doğru uzatacaksın. Mısraların sonlarında "hey"ler var ya, işte orda "hey" derken, hızla ayağını yere vuracaksın. Ben bikez okuyayım, şiir nasıl okunurmuş anla, ona göre oku sen de.

Öğretmenim tıpkı bana anlattığı gibi okudu şiiri. "Hey" derken, sağ ayağını, sıçrar gibi iyice yukarı kaldırıp, sonra topuğunu hızla yere vuruyordu.

– İşte böyle... Ayağını benim gibi yere vuracaksın, düşmanın başını ezer, çiğner gibi... dedi.

Ben de onun gibi okudum. Ama bir elim belimde, bir yumruğum havada, ayağımı da "hey hey" diye diye yere vururken şiiri şaşırıyordum. Oysa, ben kendi bildiğim gibi okusam, hiç şaşırmıyordum. Şiir okuyuşumu beğeniyor, ama ayağımı yere vuruşumu beğenmiyordu. Ben, "Heyy!" diye haykırıp sağ ayağımı yere vurdukça,

– Daha hızlı, daha hızlı... Topuğunu vur yere! diyordu.

Olanca hızımla topuğumu vuruyordum da, yine de beğendiremiyordum.

Sonunda,

– Bak işte böyle! dedi.

"Heyy!" diye öyle bir haykırıp ayağını kaldırdı, yere vurdu ki, dersane pencerelerinin camları zangırdadı.

– Gördün ya işte böyle. Türk çocuğu ayağını vurdu mu, yerler sarsılacak! dedi.

– Ama öğretmenim, dedim, siz enaz yüz kilo varsınız, ben kırkiki kilo geliyorum.

Ne yaptımsa beğendiremedim. Çok kızdı. İşte o kızgınlıkla,

– "... Ve daha sık boy atan destanlar diyarı hey!" deyip ayağını yere vurmasıyla, o "hey"in arkasından, Ay, ayy, ayyy! diye bağırmaya başladı.

Biliyorsun ya, bizim dersane döşemeleri çürük. Öğretmenin ayağı, çürük döşeme tahtasının arasından içeri girmişti. Ben de yardım ettim. Zorla ayağını ordan çıkarabildi. O sırada, dördüncü sınıfla üçüncü sınıfın öğretmenleri gürültüyü duymuşlar, telaşla geldiler,

– Ne var? Ne oluyor? diye sordular.

Bizim öğretmen, aksayarak dersaneden çıkarken bana,

– Gördün ya, nasıl vuracaksın ayağını, dedi, bir vurdun mu sanki yer yarılacak, deprem olmuş gibi sarsılacak ortalık...

Öğretmen gidince, rahat yürüyemediğimi anladım. "Hey hey!" diye ayağımı yere vurmaktan topuğum çürümüş.

Müsamereye iki saat vardı.

Ben kendi yazdığım "Koyun" şiirini, bir ay, boyuna ezberlemiştim. Ne kadar unutmaya çalışsam, bitürlü unutamıyorum, hep aklıma takılıyor. Unutmak elimde değil. "Memleketim" şiirini okurken "Koyun" şiirinin kelimeleri dilime takılıyordu. "Memleketim" şiirini azçok ezberlemiştim ama, ayağımı yere vurmaktan, ezberlediklerim de aklımdan çıkmıştı. Beynim sarsılmış topuk vurmaktan.

Arkadaşlar,

–Sıran geldi, sıran geldi! Haydi sahneye! diye beni arkamdan ittiler.

Salon anababalarla tıklım tıklım dolu. Öğretmenimiz kuliste bekliyor, şiir okuyanlar şaşırırsa ordan fısıldıyor.

Sahneye çıkınca, salondakileri başımla selamladım. Ama selamlamak için başımı eğer eğmez, birden okuyacağım şiirin adını unutuverdim. Tersliğe bak Zeynep, birdenbire "Koyun" şiiri aklıma gelmez mi! Eskiden öğrendiğimi unutacağıma, yeni ezberlediğimi unutuverdim işte...

Acıklı durumumu gözünün önüne getir: Ben sahnede durmuş salondakilere bakıyorum, salondakiler bana bakıyor; bakışıp duruyoruz.

İyi ki, öğretmenimiz kulisten "Memleketim" diye fısıldadı da, ben var sesimle, "Memleketiiim!" diye haykırdım. Haykırdım ama, bitürlü arkası gelmiyor. Şiir tümüyle aklımdan çıkmış. Öyle de sus pus durulmaz. Hiç olmazsa vakit kazanırım da o zamana kadar aklıma gelir diye bir daha "Memleketiiim!" diye bağırdım. Bağırdım ve sustum.

Salondakiler coşkun bir alkış tutturmazlar mı? Büsbütün şaşırdım. "Memleketim" diye bağırınca neden alkışladıklarını anlayamadım. Öğretmenimizin fısıltısını duymuştum. Hemen, "Ey..." diye şiire başladım. Ama üst üste "memleketim" diye öyle yüksek sesle haykırmışım ki, bütün sesim tükenmiş, ağzımdan incecik, kapı gıcırtısı gibi bir "ey" çıktı. Bir alkış daha koptu. İşte o alkıştan sonra büsbütün şaşırdım. Şiirdeki kelimelerin yerlerini değiştererek şiiri okumuşum. Sonradan arkadaşların söylediğine göre, o güzelim şiiri bak nasıl okumuşum:

"Memleketim!"

Ey mintanlı topraklar, ey yaldızlı fistanlar,
Ey kırka bir başaklar, otlar, atlar, destanlar,
Ve daha sık boy atan bostanlar diyarı heeey!

Deyip de ayağımı yere vurunca, birden havaya sıçradım. Neden biliyor musun? Öğretmenin karşısındaki provada, topuğumu boyuna yere vurmaktan, ayakkabımın bir çivisi gevşeyip ucu dışarı çıkmış. Ben, "Hey!" deyip de olanca hızımla ayağımı yere vurunca, o çivinin sivri ucu hart diye topuğuma girdi. Sanki bir kılıç tabanımdan girip, ucu ciğerime değdi.

İşte o acıyla, şiirin ezberlediğim kadarını da unuttum. Dinleyiciler kahkahadan kırılıyor. Ben nerdeyse ağlayacağım. Biyandan kulise bakıyorum ki, öğretmenin fısıltısını

duyabileyim. Öğretmen, benim fısıltıyı duymayacağımı anlayınca bağırdı:

– "Ey o büyük insanı yetiştiren ananın..."

Ben hemen sözü aldım, başladım okumaya:

– Ey o büyük insanı yetiştiren ananın... ananın, ananın...

Yine arkası gelmiyor. Belki aklıma gelir diye, o mısrayı bir daha, bir daha baştan alıyorum. Ama tam "ananın" kelimesine gelince, iğnesi takılmış plak gibi tekliyorum. Titrek, ağlamaklı sesle "ananın... ananın..." deyip dururken, birden o benim "Koyun" şiiri aklıma gelip de gürül gürül okumaz mıyım!

ananın... ananın... ananın...
Kuyruğundan yağ çıkar,
Memesinden süt verir,
Yumuşak tüyleri var...

Kuliste öğretmen "Ey sebiller... kervansaraylar..." diye ter ter tepiniyor. Ben öğretmenden duyduğum kadarını söylüyorum, arkadan da "Koyun" şiirini okuyorum:

.....

Kervansaraylar heyy!
Boynuzundan sap olur,
Eti de bize besi,
Derisinden kap olur,
Dışkısı da gübresi heeey!..

Kendimi sahneden attım. Alkıştan okul yıkılacak sanki... Öğretmen büyük bir üzüntüyle,

– Ne yaptın Ahmet? dedi.

–Ne yapayım efendim, dedim, insan ne yapsa eski öğrendiğini birden unutamıyor.

Bir kelime daha söylesem ağlayacaktım. Öğretmenimle yan yana koridorda yürümeye başladık. İkimiz de topallıyorduk. Çivi batmasın diye ben seke seke yürüyordum.

Akşam evde babam,

–Oğlum sende ne marifetler varmış, dedi, herkesi kırdın geçirdin. Misafirler yerlere yıkıldı gülmekten...

Annem de,

–Gözlerimden yaş boşandı güle güle, azkalsın bayılacaktım... dedi.

Dinleyiciler şaşırdığımı anlamamışlar da, bilerek, isteyerek öyle yaptığımı sanmışlar.

İşte Zeynep, son bikaç günüm böyle gürültü patırtı içinde geçti.

Mektubunda, benim babamın da öğrenciyken birinci olup olmadığını merak ettiğini yazıyordun. Ne yazık ki, babam sınıfın birincisi değil. Çünkü, hiç okula gitmemiş. Okula gitmiş olsaydı, o da bütün babalar gibi, sınıfının hep birincisi olduğunu söyleyecekti bana elbet...

Beni sevindiren mektuplarını bekler, esenlikler dilerim.

Eski sınıf arkadaşın

Ahmet Tarbay

Çalışan Kazanır

Ankara, 26 Kasım 1963

Ahmet Kardeşim,

Bana geçen mektubun gibi hep uzun uzun yaz, olur mu? Uzun dediğime bakma, mektubunu bir solukta okudum. Bizim sınıftan biriki arkadaşıma da okudum. Öyle güldüler ki...

Havalar burada soğuduğu için, artık apartman bahçesinde oynayamıyoruz. Okuldan gelince derslerime çalışıyorum. Anneme de yardım ediyorum. Ablam ev işlerini sevmez. Hele ortalık işi görmek hiç istemez. Yalnız mutfağa girip pasta, kek gibi şeyler yapmaya bayılır. Annemse onun mutfağa girmesini hiç istemiyor. Çünkü ablam mutfağa bir girdi mi, annem, artık bir hafta neyin nerde olduğunu bulamadığını söylüyor.

Ablam nişanlanmak üzereydi, sonra nişandan cayıldı. Son günlerde bizim evde en önemli konu işte bu. Nişanın bozulması, kardeşim Metin'in bir sözü üzerine oldu.

Geceleri, ya babamın sınıf arkadaşı olan komşularımız bize geliyor yada biz onlara gidiyoruz. Haftada enaz iki gece böyle. Dört sınıf arkadaşı biraraya gelince ençok Zeynel Bey üstüne konuşuyorlar. Durmadan Zeynel Beyi yeriyorlar. Bu Zeynel Bey, babamla sınıf arkadaşlarının çalıştığı işyerinin sahibi.

Annem sık sık,

– Bıktım artık bu Zeynel Beyden, kuzum konuşacak başka laf kalmadı mı? der.

Onun bu uyarması üzerine konuyu değiştirirler. Ama biraz sonra dönüp dolaşıp yine o konuya dönerler.

Zeynel Beyin bikaç işyeri varmış. Çok zenginmiş. Günden güne de boyuna zenginleşiyormuş. Bu Zeynel Bey öyle kalın kafalı biriymiş ki, ilkokulu bile zar zor bitirebilmiş.

Babamın sınıf arkadaşlarından biri, Zeynel Beyin hemşerisi.

O diyor ki:

– Bizden on yaş büyüktü. O, üçüncü sınıftayken ben okula daha yeni başlamıştım. Anlayın artık kaç yıl olmuş okula başlayalı... Ben ilkokulu bitirmiştim, o hâlâ dördüncü sınıftaydı. Zeynel'in babasıyla arkadaşları, "Senin oğlan herhal müdür olacak..." diye alay ederlerdi. Çünkü daha ilkokuldayken bıyıkları terlemişti.

Bigün o sınıfa müfettiş gelmiş de, Zeynel'i öğretmen, öğretmeni de öğrenci sanıp öğretmene, "Otursana oğlum sırana!" demiş.

– İşte böyle beyinsiz, taş kafa bir oğlandı.

Bunun üzerine babam da herzaman,

– Sanki şimdi başka türlü mü, daha da beter... der.

Bilsen, bu Zeynel Bey için neler neler söylerler: "Memleketimizin yüzyılda bir yetiştirdiği gayet nadir dangalaklardan...", "Yeryüzünde bir eşi benzeri daha olmayan budalalık şampiyonu..." gibi...

Babası, Zeynel'e,

– Senin okuyup adam olacağın yok, hiç olmazsa yanımda çalış da ticarete atıl, demiş.

Zeynel ticarete bir atılmış, bir daha onun elinden ticareti alıp kurtaramamışlar. Çok zengin olmuş.

Dediklerine göre, çok tembel, çok aylak bir adammış. Ama, büyük bir hüneri varmış, adam çalıştırmasını çok iyi bilirmiş. İşyerlerinde, şirketlerinde biçok mimarlar, mühendisler, avukatlar, doktorlar filan çalıştırırmış.

Babam sık sık yakınırdı:

– Sanki biz okuduk, çalıştık da ne oldu... İşte, ancak Zeynel Beyin yanında iş bulabildik.

Zeynel Beyin bilgisizliği üzerine çok şeyler anlatırlardı. Bigün Zeynel Bey, yanında müdürlerinden biri ve sekreteriyle Felemenk'e gitmiş, orda epiy kalmışlar. Sonra Zeynel Bey, yanındaki müdürüne,

– Bu Felemenk güzel yermiş, beğendim. Çok övdülerdi bana, bir de gidip şu Hollanda'yı görelim... demiş.

Bir gezisinde de, gittiği ülkenin Lehistan olduğunu öğrenince pek şaşmış,

– Yahu, ben buraya Polonya diye gelmiştim, demek yanlış gelmişiz... Bir de gidip şu Polonya'yı görelim, demiş.

Bir gece bizim evde yine Zeynel Beyin bilgisizliğiyle alay ediliyordu. Birden Metin söze karıştı:

– Bu kadar bilgisiz, görgüsüz, tembel de nasıl zengin olmuş öyleyse?

Annem,

– Büyükler konuşurken çocuklar söze karışmaz! diye Metin'i susturdu.

Babam, açıklama gereği duyduğu için olacak,

– Senin aklın daha ermez, dedi.

Ablam işte bu Zeynel Beyin oğluyla nişanlandı. Daha doğrusu nişan olmadı, nişan için söz kesildi.

Sen ablamı görmüş müydün? Bana benzemez, yani ben ona benzemem. Ablam güzeldir.

Bize evde nişandan hiç söz açmadılar. Ablam da bize bişey söylemedi. Ama biz konuşulanlardan anlıyorduk. Evin içinde esen olağanüstü havadan bunu ilk sezinleyen Metin oldu. Annem, iş görürken türküler söylüyordu. Ablam sevincini gizlemeye çalışıyordu, ama yine de belli oluyordu davranışlarından.

Bigün Metin bana,

– Biliyor musun, dedi, ablam nişanlanıyormuş...

Ben de,

– İyi ya... dedim.

– Ama kiminle, biliyor musun onu da?

Bilmezden gelip,

– Kiminle? diye sordum.

– Zeynel Beyin oğluyla.

Sesimi çıkarmayınca terslendi:

– Anlamıyor musun be!.. Zeynel Beyin oğluyla nişanlanacakmış diyorum.

– Ne var bunda? Niye tersleniyorsun öyle?

– Hımm... Demek sen de onlardansın?

– Beni ilgilendirmez bu iş.

Metin, evde ençok benimle anlaşır.

Çok hırçınlaştı,

– Nasıl ilgilendirmez? diye bağırdı, ben istemiyorum, olmaz öyle şey!

Büsbütün azdırmamak için sesimi çıkarmayınca ekledi:

– Zeynel Bey için "eşeğin biri, hayvanın biri" deyip durmuyorlar mı boyuna? Şimdi ablamı, eşeğin biri dedikleri adamın oğluyla mı nişanlayacaklar?

– Babasından oğluna ne?

– Yaaa... Sanki oğlu nasılmış? Liseyi bile bitirememiş de, babası özel öğretmenler filan tutup para zoruyla bitirtmiş liseyi... Sonra da babası, "Aman oğlum, artık okuma, aklın karışır da işadamı olamazsın," demiş. Yalan mı? Öyle söylemiyorlar mı, babamla arkadaşları?

– Bunları annem duymasın Metin, dedim, büyükler bizden daha iyi düşünürler.

Metin hem kızgın, hem küskün bir sesle,

– Biliyorum, sen zaten onlardan yanasın... Babama da kızıyorum ya... dedi.

– Neden?

– Neden olacak! Hem o Zeynel Beye söylemediklerini bırakmıyorlar, hem de onun yanında çalışıyorlar... Böyle şey olur mu?

Dönüp gitti. Ağladığını görmeyeyim diye gittiği belliydi. Çünkü son heceleri söylerken sesi titriyordu.

O günden sonra Metin ele avuca sığmaz, eskisinden daha yaramaz, çok hırçın bir çocuk oldu. Okuldan yakınmalar gelmeye başladı. Yaramazlık ediyor, derslerine çalışmıyor diye öğretmeninden mektuplar yağıyordu. Babam büsbütün telaşlandı. Çok öğüt verdi. Bikez de dövdü bile... Ama hiçbiri yararlı olmadı. Yine kaçıyordu okuldan. Annem sabahları okula götürüp bırakıyor, arkasından o yine kaçıyordu. Babam, evde kendisiyle güzel güzel konuşmak istediği zaman da, somurtup duruyor, başını önüne eğip hiç ağzını açmıyordu.

Bigün ben bişeyler söylemek, derdini öğrenmek istedim. Koca bir erkek davranışıyla,

– Senin aklın ermez bu işlere! diye tersledi.

Metin'in bu hırçınlıkları yüzünden evimizin tadı tuzu kalmadı. Annem sık sık ağlıyordu. Babamın suratı hep asıktı.

Bir akşam hava karardığı halde Metin eve dönmeyince hepimiz sokaklara döküldük, onu aramaya başladık.

Gidebileceği heryere baktık, yok. Eve döndük. Babamın arkadaşları da bize geldiler. Annem ağlıyordu. Metin'i nerde bulabileceklerini konuşuyorlardı. Kapı çalındı. Hep birden kapıya koştuk. Gelen Metin'di.

Evde hava çok gergindi. Ama Metin'de hiç babamdan korkar bir hal yoktu.

Arkadaşları babama, daha önce, "Sakın azarlama!" dedikleri için, babam da sesini çıkarmadı. Hiçbişey olmamış gibi davranıldı.

Biraz sonra babam, Metin'i karşısına alıp tatlı bir sesle öğüt vermeye başladı:

– Oğlum, okula gitmeyen, derslerine çalışmayan adam olmaz. İnsan ne kadar çok çalışırsa o kadar çok kazanır, ileride rahat eder. Küçükken çok çalışmalısın ki, büyüyünce rahata kavuşasın...

Bunlar babamın herzamanki öğütleriydi. Arkadaşları da bunlara benzer sözler söylediler:

– Hayatta çalışan kazanır oğlum...

– Başarı kazanmanın yolu, çalışmak, hep çalışmak...

Başı önünde, suratını asmış, sessiz duran Metin, birden başını dikip,

– Çalışan ne kadar kazanır? diye sordu.

– Ne kadar çok çalışırsa o kadar çok kazanır...

– Zeynel Bey kadar kazanır mı çok çalışanlar?

Metin'in bu sorusu üzerine bir sessizlik oldu. Metin'in ne demek istediği anlaşılmıştı. Neden sonra, babam sesini daha da yumuşatarak,

– Biz de zamanında çocuktuk... Biz de çocukluk geçirdik... Ama biz çocukken...

Metin, babamın sözünü keserek,

– Çalışmayan daha çok kazanıyor, dedi.

Babam sertlendi,

– Yani baban yalan mı söylüyor? diye sesini yükseltti.

Metin ağlamaya başladı. Sözleri hıçkırıklarına karışarak,

– Doğru söylüyorsunuz, dedi, her gece Zeynel Beyin tembel, taş kafa, bilgisiz bir budala olduğunu söyleyen siz değil misiniz? Onun fabrikaları var, şirketleri var, işyerleri var, mağazaları var, otomobilleri, apartmanları var... Oğlu da okumamış, kendisi gibi işte...

Hem ağlıyor, hem çatallaşan sesiyle bağırıyordu:

– Ben artık okula gitmeyeceğim. Ben Zeynel Beyden daha zengin olacağım. Yanımda onunkinden daha çok adam çalıştıracağım. Çalışkan, bilgili, okumuş insanlara iş vereceğim...

Metin, yatak odasına gittiği için sözlerinin sonu içerden geliyordu.

Gözleri buğulanan babam ona seslendi:

– Peki oğlum, nasıl istersen öyle yap... İstemiyorsan gitme okula!

Sonra arkadaşlarına yavaşça,

– Üstüne varmayalım, dedi.

Annem, Metin'i yatak odasından alıp yüzünü yıkamaya götürdü.

Babamın bir arkadaşı,

– Suç bizim, dedi, çocukların yanında herşeyi konuşuyoruz. Onların yanında herşey konuşulmaz ki...

Bu adamın eşi, kocasına göz işareti yaparak beni gösterdi.

Babamın başka bir arkadaşı,

– Galiba, çocuk haklı, dedi, bunca yıl okuduk da ne oldu sanki!.. İşte Zeynel Beyin yanında iş bulabildik.

Annem de, babam da, Metin'in bu hırçınlığının, ablamı, Zeynel Beyin oğluna nişanlamak isteyişlerinden ileri geldiğini anlamışlardı. Bikaç gün sonra, nişan için verilen sözden vazgeçildi. Ablama bir iş buldular. Şimdi çalışıyor. Evde pineklemekten usanmıştı. Demek, o da pek istekli değilmiş bu nişana. Şimdi kendisini daha özgür bulduğunu anlıyorum.

Metin içini döküp boşaldığı gecenin sabahı, yine eskisi gibi okuluna gitmeye başladı. Eskisinden daha da uysal çocuk oldu. Nişanın yapılmamasından kendini sorumlu görüyor da, ondan bu uysallığı. Derslerine eskisinden çok çalışıyor. Evde herkesle barıştı, ama nedense benimle arası pek iyi değil. Bana kırgın. Kendisine hak vermemiş olmama kızıyor sanıyorum. Oysa ben de ondan

yanaydım. Ama onun gibi yapamazdım ki... Dargınlığının uzun süreceğini sanmıyorum.

Bu mektubumu akşam yemeğinden sonra yazdım. Uykum geldi, artık yatacağım. Yarın pazar. Annem, Metin'le beni çocuk tiyatrosuna götürecek.

Ordaki sınıf arkadaşlarımın hiçbirini unutmadım, hepinizi çok özledim. Arasıra, birlikte çektirdiğimiz resimlere bakıp sizleri anıyorum. Hepinize candan selamlar... Sana da üstün başarılar dilerim.

Arkadaşın

Zeynep Yalkır

Fedakâr Çocuklar

Istanbul, 30 Kasım 1963

Zeynep Kardeş,

Mektubunu alalı iki gün oldu. Hemen cevap vermek istiyordum. Ama öğretmenimiz ev ödevi vermişti. Çoktu ödevler. O yüzden ancak şimdi cevap yazabiliyorum.

Yeni öğretmenimizi gittikçe daha çok seviyorum. Müdürün dersaneye geldiği gün, Demir'in neler yaptığını yazmıştım ya sana, o olaydan sonra hepimiz öğretmenin Demir'e kızacağını sanmıştık. Hiç de sandığımız gibi olmadı. Bana da bir küskünlüğü yok. Oysa ben o olaydan sonra çok korkuyordum.

Öğretmenimiz son günlerde ençok fedakârlık konusu üstünde duruyor. Bize biçok fedakârlık hikâyesi anlatıyor. Anlattığı her fedakârlık hikâyesinden sonra bize soruyor:

– Bu hikâyeden ne anladınız? Çıkardığınız sonuç nedir? Alınacak ders nedir?

Öğretmenin beni sevmeye başlaması neden biliyor musun? Çünkü, anlattığı fedakârlık hikâyelerinden, ben tam onun istediği sonuçları çıkarıyorum. Önceden biliyorum ne istediğini, beğeneceği biçimde konuşuyorum. Bana her seferinde,

– Aferin Ahmet!.. dedikten sonra, çocuklara,

– İşte, diyor, siz de bu anlattığım hikâyedeki çocuk gibi fedakâr olmalısınız.

Yalnız bikez sınıfta çok sıkı bir tartışmaya girdik. Her anlattığı hikâyeden öğretmenin isteğine uygun sonuç çıkarmaktan bıkmıştım artık. O gün hikâyeyi, kendi anlayışıma göre yorumlamaya kalktım.

Öğretmenimizin anlattığı fedakârlık hikâyesinin özeti şuydu: İlkokul öğrencisi, bizim yaşıtımız bir köy çocuğu, savaş sırasında düşman askerlerini gözetlemek için bir kavak ağacına çıkıyor. Kendisine gözcülük görevi verilen bu çocuk uzaktan düşmanları görünce, köydeki askerlerin başındaki komutana haber verecek. Gözcü çocuk, uzaktan gelen düşmanı görür, koşarak haber vermeye köye gelirken, düşman kurşunuyla yaralanır. Köydeki komutana haberi ulaştırır ve komutanın kollarında can verir.

Hikâyeyi anlattıktan sonra öğretmenimiz,

– Ahmet, anlat bize, dedi, bu hikâyeden alınacak ders nedir?

– Öğretmenim, dedim, bu anlattığınız olay gerçekten olmuş mu, yoksa çocuklar fedakârlık dersi alsınlar diye büyükler mi bu hikâyeyi uydurmuş?

Bu soruma şaşırdı. Çünkü benden böyle bir soru beklemiyordu. Kısa bisüre düşündükten sonra,

– Ne demek istiyorsun? dedi. İster gerçek olsun, ister uydurma, bundan ne çıkar?

– Gerçek diye anlatılırsa böyle bir olaya inanmak çok zor.

– Niçin?

– Düşmana karşı gözcülük yaptırmak için onbir yaşında bir çocuktan başkasını bulamamışlar mı? Kala kala bu önemli iş onbir yaşında bir çocuğa mı kalmış? Benim aklıma böyle sorular geliyor. Çocukların yaşamaları için savaşırlarken bir çocuğa gözcülük ettirmek...

Öğretmenimiz,

– Tabii bu bir hikâyedir, diye sözümü kestikten sonra bütün sınıfa sordu: Hepiniz Ahmet gibi mi düşünüyorsunuz?

"Hayır, hayır, hayır..." diye sesler yükseldi.

Cengiz birden fırladı ayağa,

– Efendim, fedakâr olmalıyız; bu hikâye işte onu anlatıyor, dedi.

Böylece, sanki önemli bir söz söylemiş gibi, bir de dönüp bana baktı.

Yalnız Demir,

– Ben Ahmet gibi düşünüyorum efendim, dedi.

Öğretmenimiz yine herkese birden sordu:

– Peki, sizce Ahmet'le Demir neden sizden başka türlü düşünüyor?

Cengiz yine fırlayıp bağırdı:

– Efendim, onlar herzaman öyledir. Başkalık olsun diye...

Paydos zili çaldı. Öğretmenimiz,

– Bu konuyu öğleden sonraki derste yine konuşuruz, dedi.

Sana bişey söyleyeyim mi Zeynep, zil çalmasına çok sevindim. Çünkü öğretmene neler söyleyeceğimi bilmiyordum, saçmalayacaktım. Cengiz yanımdan geçerken, "Bilgiç, ne olacak!" dedi. Yanındaki Selma da, "Bilgiçlik taslamasa olmaz..." dedi.

Gerçekten de galiba bilgiçlik tasladım. Ama bu hikâyenin hiç hoşuma gitmediği doğruydu.

Doğrusu, öğretmenimizin anlattığı, çok heyecanlı bir fedakârlık hikâyesiydi. Hepimiz de hikâyenin etkisi altında kalmıştık ki, öğle yemeğinden sonra arkadaşlar okul bahçesinde ağaçların tepelerine çıktılar, gözcülük etmeye başladılar. Ağaçların tepesinde, "Tarrt, tarrrtt..." diye makineli tüfek sesleri çıkararak sözde düşmana ateş ediyorlardı. Bahçede hepimize yetecek sayıda ağaç olmadığı için ben birinci kat pencere demirlerinden duvara, ordan da su borusuna tırmanarak bir kirişin üstüne tünedim. Benim önümdeki akasya ağacının tepesinde Cengiz'le Hüseyin, "sen gözcülük edeceksin, ben edeceğim" diye kavga edip duruyorlardı.

Hüseyin,

– Bu ödev bana verildi, burası benim yerim! diye bağırıyordu.

Sonra birden Hüseyin'in sesini yerden duydum. Ağacın dibinde ağlıyordu. Hepimiz koşuştuk. Öğretmenler de geldiler.

İkinci sınıf öğretmeni,

– Ne işin vardı ağacın tepesinde? diye sordu.

– Düşmana bakıyordum efendim... deyince öğretmen şaşırdı.

– Ne düşmanı? Neler söylüyorsun?

Hüseyin'in yarası önemli değilmiş. Başını sardılar. Onu ağacın tepesinden itip düşüren Cengiz korkusundan tir tir titriyordu. Hepimiz onu Cengiz'in ittiğini bildiğimiz halde, Hüseyin onu ele vermedi.

Öğretmenler,

– Kim itti seni? diye üsteleyerek sordular.

Hüseyin,

– Kimse itmedi beni... Ayağım kaydı düştüm... diyor, başka demiyordu.

Hüseyin'in bu davranışı beni çok düşündürdü. O düşüncelerin etkisiyle, öğleden sonraki derste, öğretmenimizin sorusu üstüne,

– Bir davranış fedakârlık olsun, bunu herkes bilsin, duysun diye yapıldı mı, o davranış fedakârlık olmaktan çıkıyor, dedim.

Böyle söylerken hep Hüseyin'in davranışını düşünüyordum.

Öğretmenimiz ertesi gün de başka bir fedakârlık hikâyesi anlattı. Bir yoksul çocuk, hasta annesine ilaç almak için hırsızlık yapıp yakalanınca, başka bir çocuk suçu üstüne alıyor, işte hikâyenin özeti bu.

Yine bilgiçlik ediyor demesinler diye, kendi yorumumu açıklamadım. Ama bu hikâyede budalalık, fedakârlık sayılıyordu.

Bizim öğretmenle 5-B'nin öğretmeni birleşerek, 5-A ve 5-B öğrencileri arasında bir fedakârlık hikâyesi yarışması açtılar. Bu yarışma okulda büyük ilgi topladı. Öğretmenimiz, yarışmayı benim kazanacağıma büyük umut bağlamıştı. Fedakârlık konusundaki düşüncemi belirten bir hikâye yazmak istiyordum. Üç gün uğraştım bu hikâyeyi yazmak için. Anneme, babama okudum. Ne olursa olsun, her yazdığımı beğenen babam bile bu hikâyemi beğenmedi. Amcama okudum, o da beğenmedi.

Yazdığım fedakârlık hikâyesinin özeti şu: Bir çocuğun kardeşi çok ağır hastalanıyor. Çocuk buna o kadar çok üzülüyor ki, her gece yatağında "Onu öldürme Tanrım. Kardeşimin yerine beni öldür!" diye dua ediyor. Bir gece rüyasında kocaman bir dev geliyor, "Fedakârlık dileğin kabul olundu, kardeşinin yerine seni alıp götürmeye geldim," diyor. Çocuk, "Ben bunu fedakârlık olsun diye söylemiştim, beni alma!.." diye ağlayarak yalvarmaya başlıyor. Öyle çok bağırıyor ki rüyasında, annesi uyanıyor, "Yavrum, rüyada korktun mu? Üstün açık kalmış da korkulu rüya görmüşsün. Haydi uyan yavrum..." diyerek çocuğu susturuyor.

Bu hikâyeyle, fedakârlıktan ne anladığımı acaba anlatabildim mi? Fedakârlık olsun diye yapılan fedakârlıkla alay etmek istemiştim.

Dördüncü, beşinci sınıflar, müsamere salonuna toplandı. Öğretmenler de ordaydı. Bizden altı, 5-B'den beş öğrenci yarışmaya katıldı. Okuma sırası için kura çekildi. Ben kurada sekizinci oldum. Hikâyemi okuyunca, beğenilmediğini öğretmenlerin ve müdürün yüzlerinden anladım. Ama çocuklar ençok benim hikâyemi alkışladılar. Hikâyelerin okunması bitince, öğretmenler hikâyelere derece vermek için öğretmenler odasına çekildiler. Salonda da gürültü patırtı başladı. Arkadaşlar birbirlerinin enselerine, ince lastikten sapanlarla kâğıtlar atıyorlardı. Bugünlerde bizim okulda hemen her oğlan çocuğun elinde bu sapanlardan var. Bu, kâğıttan yapılmış küçücük fişekler nasıl da insanın ensesini acıtıyor... Ben hiç nişancı değilimdir. Taş atmasını bile beceremem de arkadaşlar, kız gibi taş atıyor diye benimle alay ederler.

Birden ensem yandı, kızgın iğne girmiş gibi... Şaşkınlıkla, yanımda oturan arkadaşın elinden sapanı kaptım. Kâğıt fişeği yerleştirdim. Küçük sapanın ince lastiğini gerip, kâğıt fişeği fırlattım. Ah Zeynep, nasıl bir terslik... Tam o sırada, müdür önde, öğretmenler arkada salona giriyorlarmış, benim kâğıt fişek, atmak istediğimin tam tersi yönde vınlayarak uçtu, pat diye Müdür Beyin ensesine indi. Müdür Bey elini ensesine attı, sonra gözlerinden kıvılcımlar saçarak bize baktı.

5-B'nin öğretmeni,

– Kim attı onu? Kim attıysa çıksın! dedi.

Başım önümde ayağa kalkmak üzereydim ki bu kez de bizim öğretmen,

– Atan çıkmazsa hepiniz cezalısınız, burda kalacaksınız! dedi.

Yarışma da, yarışmada derece alanlar da unutulmuştu.

Ayağa kalktım,

– Ben attım efendim... dedim.

Müdür Bey yüzüme dikkatle baktı, baktı, sonra,

– Sen atmadın! dedi.

– Ben attım.

– Ben insanın yüzünü bir bakışta anlarım. Sen atmadın... Bütün arkadaşlarının cezaya kalacaklarını öğrenince, baktın ki suçlu da ortaya çıkmıyor, arkadaşlarını kurtarmak için suçu üstüne aldın.

Oysa hiç de böyle bir niyetim yoktu.

– İsteyerek olmadı efendim... Bilmeyerek... Başka yere atacaktım... Elimden kaçtı...

Müdür Bey sahneye çıktı,

– İşte, dedi, fedakârlık budur. Bu arkadaşınız sizlere bir fedakârlık örneği gösteriyor. Kendisi atmadığı halde, hepinizi kurtarmak için tek başına cezalanmayı göze alıyor. Size de bir ders olsun diye, onun bu güzel davranışı için hepinizi affediyorum. Yazdığı hikâye güzel değildi, ama bu örnek davranışı için, onu yarışmanın birincisi ilan ediyorum.

Ben ne yapayım Zeynep? Anlatmak istediğimin tam tersi olmuştu. Durup dururken, dahası suçluyken, fedakârlık örneği olup çıktım. Sence de fedakârlıkla gösteriş başka başka şeyler değil mi?

Ah şu ilkokulu bir bitirsem... Babam okuyamadığı için, beni ille de okutmak istiyor. Liseyi bitirdikten sonra beni üniversite öğrenimi için yurt dışına biyere göndereceğini söylüyor. Bu konuda annemle daha şimdiden tartışıyorlar. Annem, ben oğlumun özlemine dayanamam diyor.

Bilmem, sana da öyle mi geliyor, günler hiç geçmiyor sanki... Bitirme sınavlarına kadar günleri gösteren özel bir takvim yaptım. Pazar günlerini, tatil günlerini filan saymazsak, pek de bişey kalmadı ama yine de günler geçmiyor.

İyi günler, esenlikler dilerim.

Ahmet Tarbay

Senden Hiç Ummazdım

Ankara, 7 Aralık 1963

Ahmet,

Sağol, beni mektupsuz bırakmıyorsun. Geçen mektubunu okurken, bütün gülünç olaylar hep senin başından mı geçiyor diye düşündüm. Yoksa sen anlatırken bütün olayları gülünçleştiriyor musun? Mektupların öyle hoşuma gidiyor ki, ben de senin gibi yazmaya özeniyorum.

Geçen gün bizim sınıfta da hepimizi kahkahalarla güldüren bir olay geçti; ama derste değil, paydosta güldük. Çünkü bizi güldüren bu olay yüzünden öğretmenimiz çok kızmıştı.

Senin gibi yazmaya özenip de, güzel olsun diye uydurduğumu sanma sakın. Ben sana olayı olduğu gibi anlatmaya çalışacağım.

Önce olayın kahramanını tanıtayım birazcık. Osman adında bir arkadaşımız var. Osman, sınıfımızın çalışkanlarından, özellikle matematikte çok başarılı. Çok düzenli bir çocuk. Kalem kutusunda renk renk kalemleri var. Hepsinin de uçları sivri sivri açılmış. Nasıl olup da bu kalemlerin uçlarının kırılmadığına hep şaşarım. Çünkü benim kalemlerim ikidebir düşer, uçları kırılır. Ne zaman bir yazı yazmam gerekse, çantamda ucu kırılmadık kalem bulamam. Ama ablama göre benim durumum yine de iyiymiş. Annemin anlattıklarına bakılırsa, okula giderken ablamın çantasında hiç kalem bulunmazmış. Ucu kırık da olsa, hiç değilse, benim çantamda kalem bulunuyor.

Osman'ın yazılı ödevleri, renk renk çizgilerle süslüdür, resim gibi. Yazılarını inci gibi dizer. Öğretmenimiz onun ödevlerini bize kaç kez örnek diye göstermiştir. Ben ne zaman ödevlerimi Osman gibi yazmaya kalksam, renkler birbirine karışır, birtürlü beceremem.

Sizin öğretmeniniz de yapıyor mu? Bizim öğretmenimiz hemen hergün derslerden birinde yazılı yoklama yapar. Bu da yetmez, aşağı yukarı, her iki günde bir yazılı ev ödevleri verir.

Bigün Osman,

– Çocuklar, dedi, öğretmenimizin yazılı ödevlerimizi okuduğunu hiç sanmıyorum.

Önce ben karşı çıktım:

– Okumayacak olduktan sonra ne diye yazılı ödev versin?

Osman direndi:

– Ben okuduğuna inanmıyorum.

Bir arkadaşımız,

– Pekiy nerden biliyorsun okumadığını? diye sordu.

Osman,

– Çünkü, dedi, hesap ortada. Öğretmenimiz hergün yazılı yoklama yapıyor mu?

– Yapıyor... dedik.

– Aşağı yukarı her iki günde bir de ev ödevi veriyor mu?

– Veriyor... dedik.

Osman,

– Şimdi hesaplayalım, dedi, bu sınıfta elliiki öğrenciyiz, değil mi?

– Evet...

– Demek öğretmenimiz hergün elliiki yazılı yoklama kâğıdı okuyor. Yazılı ev ödevlerini de, ortalama günde yirmibeş saysak, demek günde yetmişyedi ödev... Bu ödevleri öğretmenimiz evine gidince saat kaçta okumaya başlar?

– Sana ne bundan?

– Hesaplayacağız ya... Bir yazılı ödevi kaç dakikada okuyabilir?

Osman'ın yaptığı hesap sonunda öğretmenimizin hergün onbir saatini yalnız bizim yazılı ödevlerimizi okumaya ayırması gerekiyordu. Geceleri hiç uyumasa, yine de bunları okumaya yetişemezdi.

Bu hesaplar sonunda çocuklar sustu. Ben yine,

– Okuyordur... dedim.

Osman,

– Evet okuyordur, dedi, ama bana kalırsa, ödevlerimizin içinden gelişigüzel birikisini ancak okuyordur.

Bu konuşmamızdan biriki gün sonra bir kız arkadaşım, ilk derste bana,

– Galiba Osman haklıymış, dedi.

Sonra anlattı. Evleri öğretmenimizin evine yakınmış. Bu sabah okula gelirken, önünde kâğıtlar uçuşmaya başlamış rüzgârdan. Ayağına çarpıp orada kalan kâğıdı almış. Bir de bakmış, bir gün önceki kendi yazılı ödevi. Kâğıtların nerden uçuştuğunu izlemiş. Öğretmenimizin kapısı önündeki çöp bidonundan uçuyormuş kâğıtlar.

Arkadaşım,

– İşte! diye, buruşuk ödev kâğıdını gösterdi.

– Ödevlerimizi okuduktan sonra andaç diye saklayacak değildi ya... dedim.

Osman, sağımdaki sırada oturur. Tarih dersindeydik.

– Öğretmenimizin yazılı ödevlerimizi okuyup okumadığını anlayacağım, dedi.

– Nasıl anlayacaksın?

– Sonra söylerim.

Öğretmenimizin sorduğu sorulardan biri şuydu: "Defterdar, Nişancı, Beylerbeyi, Acemioğlan kimlere denir? Sultan İbrahim zamanını anlatınız."

Paydosta bize anlattığına göre, Osman sorulara, ilk bikaç satır doğru cevap yazdıktan sonra, Padişah Sultan İbrahim'e mektup yazmış. "Sayın Deli İbrahim Amca!" diye başlıyormuş mektubu. Uzun mektubun sonunda da öbür soruları şöyle cevaplandırmış:

"Beylerbeyi, Boğaziçi'nde bir iskeledir."

"Defterdar, defteri dar gelen adam demektir."

"Nişancı, bizim sınıftaki Çetin'in lakabıdır. Biz onunla Kör Nişancı diye alay ederiz. Çünkü top oynarken, kaleye gol atacağım diye, okulun bütün pencere camlarını kırmıştır."

"Acemioğlan, yine bizim sınıftan Rıza'dır. Çünkü bitürlü çattımattı oyununu öğrenemediği için her oyunda dayak yer."

Osman, okul bahçesinde bunları anlatırken, hepimiz kahkahalarla gülüyorduk. Ama ben onun söylediklerini gerçekten yaptığına inanmıyordum. Şaka yapıyor, atıyordu. Ertesi gün Osman korkuya kapıldı. Öğretmen, yazdıklarını ya okursa diye korkuyordu. İki üç gün bu korkusu sürdü. Öğretmenden hiçbir tepki gelmeyince rahatladı. Kendi söylediğine göre, o günden sonra, her yazılı ödevdeki soruları saçma sapan cevaplandırıyormuş. Yalnız ilk bikaç satır doğru cevaplar yazıyormuş ki, öğretmen kâğıdına ilk göz atışta yaptığı saçmalıkları anlamasın.

Doğrusu, Osman'ın söylediklerine inanmıyordum ama, dün foyası ortaya çıkınca atmadığını hepimiz anladık.

Dün, ilk dersteydik. Öğretmen biraz geciktikten sonra asık yüzle dersaneye girdi. Oysa genellikle ilk derste güler yüzlüdür. Kırgın bir sesle, sanki azarlar gibi, "Günaydın çocuklar!" dedikten sonra,

– Osman, kalk! dedi.

Osman kalktı.

– Buraya gel!

Osman kürsünün yanına gitti.

Öğretmen,

– Çocuklar, dedi, iki gün önce size tabiat bilgisi dersinden yazılı ev ödevi vermiştim. Şimdi arkadaşınız Osman, bana verdiği yazılı ödevini sizlere okuyacak.

Osman'ın yüzü kıpkırmızı oldu.

Öğretmen kâğıdı verdi Osman'a,

– Oku, dedi, hepsini oku! Soruları da oku!

Osman okumaya başladı:

"Birinci soru: Rüzgâr nedir, nasıl meydana gelir?"

"Cevap: Hava ısınınca hacmi büyür, hafifler, hafifleyince yükselir."

Osman duraklayınca öğretmen,

– Devam et, devam et! dedi.

Osman devam etti:

"... Hafifleyince yükselir... Rüzgâr... rüzgâr... rüzgâr..."

Bikaç kez rüzgâr diye kekeleyince öğretmenimiz bağırdı:

– Eeee? Ne olmuş rüzgâra?

Osman okudu:

"Rüzgâr, Galatasaray'ın aleyhindeydi. Galatasaraylılar, ilk yarıda rüzgâra karşı oynamalarına rağmen iyi bir maç çıkarmayı başardılar. Çok süratli ve zevkli geçen mücadelede kapalı müdafaa yapmayan Ankaragücü sahayı 2-1 yenik terk etti.

İkinci yarıda Galatasaray hücum hattı rüzgâr gibi rakip yarı sahaya inmişti.

Soru iki: Fırtına nedir?

Cevap iki: Saniyede yirmi metreden hızlı esen rüzgâra fırtına denir. Galatasaraylılar bugün Mithatpaşa Stadyumunda fırtına estiriyordu. Ne yazık ki hakem için, maçı iyi yönetti diyemeyeceğiz. Metin'in rüzgârıyla Şükrü'nün devrilmesini penaltı sayması seyircilerin protestolarına sebep oldu."

Osman okurken biz gülmemek için kendimizi zor tutuyorduk. Yine de içimizde kendini tutamayıp kıkırdayanlar

vardı. Osman'ın da sesi titremeye başladı. Utancından nerdeyse ağlayacaktı.

Öğretmenimiz,

– Osman, niçin böyle yaptın? dedi.

Gözleri sulanan Osman başını duvara doğru çevirince,

– İyi bir öğrencimsin, bunu senden hiç ummazdım... Otur yerine! dedi.

Ne yalan söyleyeyim, Osman'ın bozum oluşuna içimden sevindim. Paydosta ona,

– Nassılmış! Hani öğretmenimiz kâğıtları okumazdı!.. dedim.

O akşam annemin bir arkadaşı bizim eve gelmişti. Ben o konuk kadını ilk görüyordum. Hangi okula gittiğimi, kaçıncı sınıfta olduğumu sordu. Ben de söyledim.

– Öğretmeniniz çok yakın arkadaşımdır, dedi.

Sonra anneme anlatmaya başladı:

– Dün gece onun evindeydim. Çok tuhaf bişey oldu. Baktım, masanın üstünde bir yığın kâğıt. Öğrencilerinin yazılı ev ödevleriymiş. "Nasıl zaman bulup da bunca yazıyı okuyabiliyorsun?" dedim. "Çok iyi öğrencilerim var. Birinin ödevini okumak ister misin?" dedi. Kâğıtların içinden birini seçip bana verdi. Gerçekten güzel bir ödev, düzgün, okunaklı, başlıklar renkli yazılmış, önemli yerlerin altı renkli kalemle çizilmiş. Ödev konusu da rüzgâr. Ama okuyunca şaşıp kaldım. Çocuk, rüzgâr diye Galatasaray-Ankaragücü maçını anlatıyordu. Ödevi okurken kahkahalarla gülmeye başlayınca arkadaşım, "Ne var? Niye gülüyorsun?" diye sordu. Ben de okusun diye kâğıdı ona verdim. Okudu. Çok kızdı. "En iyi öğrencilerimden biridir, bunu ondan hiç ummazdım," dedi.

Demek yine de Osman haklıymış. Doğrusu ya, ben de bunu öğretmenimizden hiç ummuyordum. Pek üzüldüm.

İşte olayı sana olduğu gibi anlattım.

Hoşça kal sevgili kardeşim Ahmet. Beni mektupsuz bırakma, olur mu? Arkadaşlardan da haberler yazmanı beklerim.

Zeynep Yalkır

Vicdan Azabı

İstanbul, 7 Aralık 1963

Zeynep,

Mektuplarımı güzel bulduğunu yazdıkça, beni gerçekten güzel yazmaya özendiriyorsun. Teşekkür ederim. Bir mektubunda, hep gülünçlü olaylar anlattığımı yazıyordun. Ama şimdi anlatacaklarım oldukça acıklı. Bu acıklı olayı bize öğretmenimiz anlattı. Beni çok duygulandırdı bu olay.

Önceki gün derste Hüseyin, okuma kitabımızdan bir yazı okuyordu. Yazının içinde "vicdan azabı" diye bir söz geçti. Öğretmenimiz uzun uzun "vicdan azabı"nın ne demek olduğunu anlattı, açıkladı. Sonra bize sordu:

– Vicdan azabı ne demekmiş, anladınız mı?

Hep birden bağırdık:

– Anladık öğretmenim!

Öğretmenimiz,

– Öyleyse, dedi, şimdi de vicdan azabına bikaç örnek verelim.

Yaşar'ı bilirsin, yine eskisi gibi, hep arka sırada oturuyor. Hep öyle dalgacı. Arka sırada, ya biriktirdiği pullarla uğraşır yada karikatür çizmeye çalışır.

Öğretmen,

– Yaşar, sana vicdan azabı çektiren bir olay geçti mi başından? diye sordu.

Yaşar, öğretmenin anlattıklarını dinlememiş olacak, ama bilirsin ya, kurnaz bir çocuktur, "geçti" dese, öğretmen "anlat öyleyse" diyecek. Onun için,

– Geçmedi öğretmenim! dedi.

Öğretmen,

– Nasıl olur, dedi, hiç insan olur da, vicdan azabı çekmez olur mu?

Yaşar daha kesinlikle,

– Ben çekmedim öğretmenim! dedi.

Neşe, yine öyle, hep göze girmeye çalışıyor. Kendisine sorsun diye öğretmenin gözünün içine bakıyor, parmağını kaldırmış, yerinde duramıyor,

– Ben söyleyeyim öğretmenim… Ben söyleyeyim... deyip duruyordu.

Öğretmenimiz,

– Söyle Neşe, dedi, sana vicdan azabı çektiren bir olay geçti mi başından?

Neşe yaranmak için,

– Çok geçti öğretmenim, dedi.

– Anlat öyleyse...

Neşe,

– Hangisini anlatayım öğretmenim? diye sorunca hepimiz gülüştük.

Zavallı Neşe, ne uyduracağını düşünmek için vakit kazansın diye bu saçma soruyu sormuştu.

Öğretmenimiz de gülümseyerek,

– Sana vicdan azabı çektiren o kadar çok olay mı geçti başından Neşe? Herhangibirini anlat! dedi.

Neşe, herzaman olduğu gibi yine yutkunmaya başladı. Yutkuna yutkuna anlattı. Hatırlarsın, Neşe her derse kalkışta böyle olur. Her kelimeyi, hatta her heceyi söyledikten sonra enaz bikez yutkunmadan, sonraki heceyi söyleyemez. O gün tutukluğu büsbütün üstündeydi.

Söze şöyle başladı:

– Büyüklerimize saygı, küçüklerimize sevgi göstermeliyiz.

Neşe sürekli olarak yutkunurken, bu öğütün sonu nereye varacak diye meraklanan öğretmenimiz,

– Evet? Eeee? Sonra? diye sordu.

Neşe yutkuna yutkuna anlattı:

– Bir anne varmış. Oğluna işte böyle öğüt veriyormuş. Tam bu sırada sokak kapısı çalınmış. Anne pencereden bakmış. Kapıyı çalan kaynatasıymış. Kadın, oğluna, "Kapıyı aç, deden geldi. Dedene, benim evde olmadığımı söyle!" demiş. Çocuk da kapıyı açıp, "Dede, annem sokağa çıktı," deyince, yaşlı adam torununa, "Annene söyle, bir daha sokağa çıkarken başını pencerede unutmasın!" demiş, gitmiş.

Neşe, bikaç kez üst üste yutkunduktan sonra sustu.

Öğretmen,

– Bu olay senin başından mı geçti? diye sordu.

Neşe,

– Hayır, dedi, bir dergiden okumuştum.

– Öyleyse, sen ne diye bundan vicdan azabı duyuyorsun?

– Ben duymuyorum, o çocuğun annesi duymuştur öğretmenim...

Bu kez öğretmenimiz başka arkadaşlarımıza sordu. Hiçkimse kendi duyduğu vicdan azabını anlatamadı. Başkalarının vicdan azabı duymaları gereken olaylar anlattılar.

Öğretmenimiz,

– Anlaşıldı, dedi, demek siz vicdan azabının ne olduğunu iyice anlamamışsınız. Bir insanın vicdan azabı duyması için başından acı bir olay geçmelidir. Bu olaydan pişmanlık duymalıdır. Kendi yüzünden başkası bir acı çekmeli.

Kısa bisüre düşündükten sonra,

– Şimdi ben size vicdan azabına örnek bir olay anlatayım, dedi.

Dikkat kesildik.

– Lisede öğrenciydik. Müdürümüz çok sert bir adamdı.

Can kulağıyla dinliyorduk.

– Ders yılı yeni başlamıştı. Daha biriki gün olmuştu derslere gireli. Bizim sınıfa, başka bir okuldan yeni bir öğrenci gelmişti. Adını bile öğrenmemiştik. Bu çocuğun sol eli hep pantolon cebinde durur, sol elini cebinden hiç çıkarmazdı. Aramızda daha özdenlik kurulmamıştı. Neden elini cebinden çıkarmadığını soramıyorduk.

Öyle paydosunda okul bahçesinde oynuyorduk. Müdürü birden aramızda gördük. Eli cebinde gezinen o çocuğu çağırdı. Çocuk, elini cebinden çıkarmadan koşarak geldi Müdür Beyin önüne.

Hepimiz oyunu bırakmış, ne olacak diye merakla onlara bakıyorduk. Dedim ya, Müdür Bey çok sert. Çocuğa,

– Neden elin cebinde? diye bağırdı.

Çocuk cevap vermedi. Başını önüne eğdi.

Bütün çocuklar, onların çevresinde toplanmıştık.

Müdür Bey sesini daha yükselterek,

– Çıkar elini cebinden! diye bağırdı.

Çocuk kıpırdamıyordu hiç.

– Sana söylüyorum, duymuyor musun?

Fısıldar gibi,

– Duyuyorum efendim, dedi.

– Duyuyorsan, neden elin cebinde? Çıkar elini çabuk!

Çocuk yavaşça başını yerden kaldırıp, çevresinde toplanmış olan arkadaşlarına, sonra müdüre baktı. Ama elini yine de cebinden çıkarmadı.

Çok kızan Müdür Bey,

– Burda külhanbeylik sökmez! Çıkar elini diyorum! diye bağırdı.

Çocuk yine öyle durunca, Müdür Bey, onun suratına bir tokat attı. Tokat çok hızlı inmişti yüzüne. Dengesi bozulan çocuk yere düştü. Yere düşünce, sol eli de pantolon cebinden fırlamıştı.

Biz bu durumu görünce şaşırıp kalmıştık. Korkunç bir sessizlik oldu, sonra mırıltılar duyuldu. Müdür Bey de donup kalmıştı sanki. Çünkü yere düşen çocuğun pantolon cebinden dışarı elsiz kolu çıkmıştı. Zavallının eli kopuktu. Sol kolu, bir değnek gibi toprağın üstünde duruyordu. Elsiz kolunu arkadaşlarının görmesinden utandığı için, hep sol kolunu pantolon cebinde tuttuğunu anlamıştık.

Müdür Beyin gözleri sulanmıştı. Eğildi, yerden çocuğu kaldırdı. Yumuşak bir sesle,

– Niçin daha önce söylemedin oğlum? dedi.

Sonra koluna girerek, çocuğu kendi odasına götürdü.

Bu olaydan sonra o çocuğu bir daha okulda göremedik. Öyle utanmıştı ki, başka okula da gitmemiş. Duyduğumuza göre, Müdür Bey, hem çocuktan, hem anababasından çok özür dilemiş. Çocuğu herzaman koruyacağını söylemiş. Ama çocuk, bir daha hiç okula gitmemiş.

İşte bu acı anısını anlatan öğretmenimiz sözünü bitirip susunca, sınıfta derin bir sessizlik oldu. Biz de bu olayın etkisinde kalmıştık.

Paydos zili çaldı. Öğretmenimiz dersaneden çıkmadan,

– Herhalde bizim lise müdürü, bu acı olayın azabını bütün ömrünce çekmiş olmalı... İşte buna vicdan azabı denir, dedi.

Neden sonra, öğretmenimizin anlattığı bu olayın etkisinden kurtulur gibi olunca, Neşe,

– Öğretmen de kendi başından geçen bir olayı anlatmadı ki... dedi.

Gerçekten de öğretmen, arkadaşımız gibi, başka birinin duyması gereken vicdan azabını anlatmıştı.

Bu konuda en doğrusunu Yaşar söyledi:

– Çocuklar, ben anladım bu vicdan azabı denilen şeyi. Hiçkimse kendisininkini hatırlamıyor. Herkes, başkalarının çekmesi gereken vicdan azabını biliyor.

Ertesi gün okula gelince Demir,

– Ben babama sordum, dedi. Babam dedi ki: "Çocuklar vicdan azabı çekmezler. Çünkü vicdan azabı çekilecek olaylar için, daha zamanları olmamıştır. Vicdan azabı çekilecek işler yapmak için büyümek, büyük adam olmak gerekir."

Bu söze benim de aklım yatıyor. Bilmem, sen ne düşüneceksin?

Her akşam okul dönüşü, anneme, bana mektup var mı diye soruyorum. Cevabını çabuk yazarsan beni sevindirirsin.

İyi günler dilerim Zeynep.

Ahmet Tarbay

Sekiz Kız Babası

Ankara, 10 Aralık 1963

Ahmet,

7 Aralık tarihli mektubunu dün aldım. Öğretmeninizin anlattığı olay gerçekten çok acıklı. Elsiz çocuğun, müdürün tokadıyla yere düşmesi gözümde canlandı. Çok üzüldüm.

Hikmet adında bir arkadaşım var. Bana bir sır açıkladı. Sana yazayım mı diye çok düşündüm. Yazmakta bir sakınca görmüyorum. Hikmet, bana anlattığı olayı, sınıftaki arkadaşlarımızın duymalarını istemiyor. Ben de ağzımı sıkı tuttum, kimseye bişey söylemedim. Ama sen nasıl olsa Hikmet'i tanımıyorsun. Onun anlattıklarını sana yazmakla, bana verdiği sırrı açıklamış olmuyorum. Öyle değil mi?

Arkadaşımın sırrını gevezelik olsun diye yazmıyorum sana. Beni çok düşündüren bu konuda senin ne düşündüğünü öğrenmek istiyorum.

Burdaki okula başladığım ilk günlerde, sınıf arkadaşlarım içinde Hikmet, hiç de öyle dikkatimi çekmemişti. Çünkü silik, sessiz bir çocuktu. İlk günler ben onu oğlan sanmıştım. Oğlan çocukları gibi giyiniyor, saçlarını da oğlanlar gibi kısacık kestiriyor. Çok da zayıf... Üstelik ne oğlanlarla, ne kızlarla arkadaşlık ediyor, içine kapanık bir çocuk. Hikmet adı da, hem kız hem oğlan adı...

Bigün beden eğitimi dersinde öğretmenimiz kızları biyana, oğlanları biyana ayırınca, Hikmet kızlar topluluğuna katıldı. Çok şaştım buna önce. Hikmet'in kız olduğunu işte o gün öğrenebildim. Bunun üzerine Hikmet'e ilgim arttı.

Geçenlerde bir sabah Hikmet okula pek üzgün geldi. Neye üzüldüğünü sordum. Önce söylemek istemedi. Üsteledim. O zaman,

– Doğrusu ben de anlatmak, biraz açılmak istiyorum ama, duyulacak diye çekiniyorum... dedi.

Arkadaşlarımıza söylemeyeceğime söz verince anlattı.

Bunlar sekiz kardeşmiş, sekizi de kız...

Oysa Hikmet kimi günler okula ağabeyiyle geliyordu. Bunu söyleyince,

– O benim ağabeyim değil ablam, dedi, ama erkek kılığında gezdiği için onu herkes erkek sanır.

Kardeşlerinin hepsi de erkek gibi giyinirlermiş.

– Niçin? diye sordum.

– Çünkü babam öyle istiyor, dedi.

– İyi ama, bunda üzülecek ne var?

Babası, oğlan çocuğu olmasını çok istermiş. İlk çocuğu kız olunca, çok bozulmuş. Bütün umudunu, ikinci çocuğunun oğlan olmasına bağlamış. Dahası, çocuk doğmadan, ona bir oğlan adı bile koymuş. Sanki, doğmadan oğlan adı konursa, çocuk da adına uymak için oğlan olacakmış gibi... Artık, adamın şanssızlığından mı, yoksa terslik mi, ikincisi de kız doğunca, üzüntüsünden günlerce kimseyle konuşmamış. Tanıdıkları, "Daha çok gençsin, çok çocuğun olur," diye avutmaya çalışmışlarsa da, adam, "Olmasına olur ama, ya onlar da kız olursa..." diye dertleniyormuş. Karısı üçüncü kez gebe kalmış. Artık üst üste üçü de kız olacak değil ya... Yine bir erkek adı koymuş doğacak çocuğuna. Bununla da yetinmemiş, karısı doğumevine gidince, o gece doğacak oğlu için dostlarına büyük bir ziyafet vermiş. Ziyafetin ortasında doğumevine telefon edip de, bir kızı daha olduğunu öğrenince deliye dönmüş. Üçüncü çocuğunun da kız olmasından öyle utanmış ki, ziyafet sofrasındaki konuklarına, oğlu olduğu yalanını söylemiş. O gece yalandan çok sevinçli görünmüş herkese. Karısına ve evdekilere de, yeni doğan çocuğun kız olduğunu söylemeyi yasaklamış.

Üçüncü kızdan sonra, artık karısının oğlan doğurma yeteneğinden yoksun olduğunu anlamış; karısından umudunu kesince onu boşamış, başka bir kadınla evlenmiş. Bu kadın da kız doğurmaz mı? Hem de ikiz... Üstelik bir de haber almış: Boşandığı eski karısı, başka biriyle evlenip bir oğlan doğurmuş. Adam, "Ben ne budalayım, eski karımı, tam oğlan doğurmak sırası gelince boşadım," diyormuş.

Üst üste beş kız babası olmak, adama çok ayıp geliyormuş, "Artık kimselerin yüzüne bakamam!" diye, alıp başını gitmiş uzaklara. Aylar sonra dönmüş, ikinci karısını da boşamış.

Hikmet, bunları bana, başkalarından duyduğuna göre anlatıyordu.

Beş kız babası olan adam, bu kez, ille de oğlan babası olmayı kesinleştirmek için, daha önce üç oğlan doğurmuş bir dul kadınla evlenmiş. Bu kadın, üst üste üç oğlan doğurduğuna göre, oğlan doğurmaya alışıktır diye düşünmüş olmalı.

Evleniyorlar. Adam doğacak altıncı çocuğuna yine erkek adı koyuyor. Gebe karısını doğumevine gönderdiği gece de, yine dostlarına çok büyük bir ziyafet çekiyor. İkidebir, telefon ediyormuş doğumevine. Vakit geceyarısını geçmiş.

Adam, telefondan asık yüzle dönmüş, suratından düşen bin parça...

Konuklar merakla,

– Oğlan mı, kız mı? diye sormuşlar.

Adam bıyıklarını burarak,

– Erkek adamın erkek çocuğu olur! diye böbürlenmiş ama, öfkeden de bıyıkları titriyormuş.

İşte, arkadaşım Hikmet'in doğumu böyle olmuş.

Altıncı da kız olunca adam bütün umudunu yedinciye bağlamış. Ama o da kız olmuş. Bundan sonra epiy zaman çocuğu olmamış kadının. Buyüzden karısını boşamak üzereyken Hikmet'in annesi gebe kalmış yeniden.

Kadın, doğumevine giderken kocası,

– Bu sefer de kız doğurursan hiç eve dönme boşuna, seni boşarım! demiş.

Zavallı kadın doğum sırasında, "İnşallah oğlan doğururum!" diye dua edip durmuş ama boşuna... Yine kız doğurmuş. Bunun adı da önceden Suat konulmuş. Eh Suat, hem kız, hem oğlan adı...

Kadıncağız, durumunu doğumevinin başhemşiresine ağlayarak yana yakıla anlatmış. Kocası telefonda sorunca, oğlu oldu demesi için yalvarmış.

Kadına acıyan başhemşire de, adam telefon edince,

– Müjde, tosun gibi bir oğlunuz oldu!.. demiş.

Hikmet'in babası, koşup doğumevine gelmiş.

– Aman, oğlumu göreyim!.. diye tutturmuş.

Göstermişler çocuğu ama, kundaklı göstermişler.

Olayı böylece bana anlatan Hikmet,

– Üç aydır evimizde çok mutluyduk, dedi. Babam Suat'a hep "veliaht" yada "prens" deyip duruyordu. Anneme de kraliçeymiş gibi davranıyor, hediyeler alıyordu. Bize bile, kız olduğumuz için, eskisi kadar çok kızmıyordu. Biz evde hepimiz, babamın Suat'ı çıplak görmemesi için elimizden ne gelirse yapıyorduk. Annem, babam evde yokken Suat'ın altını değiştiriyor, bezlerini çıkarıyordu. Babamın yanında onu yıkamıyordu. Nasıl olsa babam bigün gerçeği öğrenecekti. Ama biz o zamanı geciktirmeye çalışıyor, o zamana kadar da babamı yumuşatacağımızı umuyorduk.

Çok keyiflendiği zamanlar babam bize, "Hepiniz oğluma feda olsun!" diyordu. Babam ikidebir, "Prensimi ben

yıkayacağım!" diye tutturuyor, o zaman annem korkuyla çocuğu elinden kapıp, "Aman olmaz, nezlesi var!.." gibi bir bahaneyle işi savsaklıyordu. Ah... İki gece önce, en sonunda olanlar oldu. Hepimiz yatmış, uyuyorduk. Korkunç bir gürültüyle uykumda sıçradım. Bağıran babamdı. Annem ağlıyordu. Her nasıl olmuşsa o gece babam, Suat'ın oğlan olmadığını görmüş. Çocuğu tek eliyle bacaklarından tutup kaldırmış, "Beni kandırdınız... Aldattınız!.. Hani bu oğlandı? Nerde?" diye bar bar bağırıyor, çocuk da avaz avaz ağlıyordu.

Çocuğu fırlatıp annemin kucağına atan babam,

– Defolun!.. Oğlan diye kandırıp boşu boşuna bana o kadar masraf yaptırdınız... Hepiniz gidin evden!.. diye bizi kovdu. O geceyi bir komşu evinde geçirdik.

Hikmet anlatırken ağlamaya başladı. Babası, annesini boşayacakmış.

Sekiz kız babası olan adam gözümün önüne gelince, beni önce bir gülme aldı, ama sonra ben de Hikmet'le ağladım.

O gün okuldan eve dönünce anneme,

– Ablam doğunca babam sevinmiş miydi? diye sordum.

Annem,

– Sevinmez olur mu hiç, elbet sevindi!.. dedi.

– Ama arkadan ben doğunca? Yine sevindi mi?

Annem,

– Saçmalama! diye bağırdı.

Ben üsteledim:

– Benim de kız olduğumu öğrenince yine de sevindi mi?

– Oğlan umuyordu.

– Ama benden sonra Metin doğunca, oğlu oldu diye çok sevinmiştir, değil mi?

– Evet, çok sevinmişti de arkadaşlarına bir büyük ziyafet bile vermişti.

– Ya üçüncü çocuğunuz da kız olsaydı?

– Ne yapalım, öyle olurdu...

– Babam, oğlan olsun diye bir çocuk daha ister miydi?

– İsterdi belki... Ama ne diye bunları sorup duruyorsun?

– Hiç, sordum işte.

Boğazıma bir düğüm takıldı. Annemin yanından çıktım.

Hikmet'in anlattıkları beni çok etkiledi. O gündenberi hep düşünüp duruyorum: Kız olmak, daha doğuştan bir şanssızlık mı? Sen erkek olduğun için, doğuştan şanslı sayılırsın.

Bu konuda senin ne düşündüğünü öğrenmek isterim.

Annem, demindenberi içerden,

– Lambanı söndür de yat artık! diye söyleniyor.

Çok geç oldu. Yatacağım. Yarın okul dönüşü, bu mektubu postaya vereceğim.

Hoşça kal kardeşim Ahmet.

Zeynep Yalkır

Sen Daha Anlayamazsın

Istanbul, 14 Aralık 1963

Zeynep,

Mektubunu okurken hem güldüm, hem üzüldüm. Arkadaşın Hikmet'e çok acıdım. Zavallı kızın ne olacağını çok merak ediyorum. Ne olursun, Hikmet'in annesiyle babasının ilişkilerinin aldığı durumu öğrenirsen bana da yaz.

Kız yada erkek doğmanın bir şans olup olmadığını hiç düşünmemiştim. Bu soruyu babama sordum. Bana uzun bir konferans çekti. Özet olarak dedikleri şu: İnsan ancak, kadın ve erkek olarak bütünleşir.

– Peki baba, kadın olmak ister miydin? diye sordum.

Birden sesini yükseltti,

– Ne münasebet? dedi.

Sanki böyle bir ihtimal varmış gibi, soruma sinirlendi.

Oysa aynı soruyu anneme sorduğum zaman, annem içini çekti,

– Erkek olsaydım!.. dedi.

Dün, öğretmenimiz bizi müzeye götürmüştü. Dönüşte kendisine bu soruyu sordum. Gülümsedi,

– Nerden aklına geldi böyle şey? dedi.

Ben de, senin mektupta yazdıklarını kısaca anlattım.

– Böyle şeyler, sizin yaşınızın konusu değil, dedi.

İşte en canımı sıkan cevap da budur. Bizi, hiçbişeyden anlamaz sanıyorlar.

Bigün kardeşim, babama bişey sormuştu.

Babam,

– Sen daha anlamazsın, büyü de öyle, deyince, kardeşim,

– Sen anlatmaya çalış, ben anlarım... demişti.

Babam, kardeşimin bu cevabını hâlâ gülerek anlatır.

Niçin bize anlatmaya çalışmıyorlar da, anlamazsınız diye kestirip atıyorlar?

Bak, geçenlerde ne oldu, anlatayım. Annem, kardeşimi de alıp bir komşuya gitmiş. Orda komşu kadınlar toplanmışlar. İçlerinde gebe bir kadın da varmış. Ama doğurmak istemiyormuş. İşte bu konu üstünde konuşuyor, kadına ne yapması gerektiğini anlatıyorlarmış. O sırada kardeşim, odanın bir köşesinde kendi kendine oynamaktaymış. Konuşulanların farkında bile değilmiş. Kadınlardan biri, "Çocuğun yanında böyle şeyler konuşmayalım," deyince, kardeşim bu sözü duyup konuşulanlarla ilgilenmiş. Başka bir kadın, "Ayol, o daha çocuk, anlamaz!" deyince, bu söz kardeşimin onuruna dokunmuş. Baştan ayağa kulak kesilip, orda konuşulanları iyice anlamaya çalışmış. Hem de kadınlar kendisinden çekinmeden rahatça konuşsunlar diye, onları hiç dinlemezmiş gibi oyuncaklara dalmış görünmüş. Kadınlar yine arada bir birbirlerine, "Çocuk duyacak", "Aklı ermez, daha küçük..." diyorlarmış.

Kardeşim, konuşulanları anladığını ispat için fırsat gözlüyormuş.

Bir gece bize komşular gelmişti. Karnı şişkin bir kadına, kardeşim, birden,

– Teyze, gebesiniz değil mi? diye sormasın mı!..

Önce sustular, sonra gülüşmeler oldu.

Kadın,

– Evet yavrum, dedi.

Bu kez kardeşim,

– Doğuracak mısınız? diye sordu.

Annemle babam birbirlerine bakıştılar. Kardeşim, anlamaz diye küçümsenerek yanında konuşulanları anladığını ispat için,

– Bir teyze var, o da gebe, ama doğurmak istemiyor da... dedi.

Üstelik anneme de sordu:

– Öyle değil mi anne?

Annem, pancar gibi kızardı. Erkekler, havayı değiştirmek için başka konulardan konuşmaya başladılar ama, kardeşim neler öğrendiyse kadınlardan, hepsini bilgiçlikle anlatmaya kalkınca,

– Sus artık, kapa çeneni! diye onu payladı annem.

Ama o hâlâ anlatıyordu, misafirler gülümsemeye çalıştılar. Annem, onu kolundan yakalayıp götürdü...

Kardeşim ağlaya ağlaya,

– Nasılmış, diyordu, hani anlamazdım!.. Hepsini de anladım işte. Anlamamış mıyım?

İçerde, kardeşimin sesi kesilince annem döndü.

Gebe kadının kocası,

– Bu zamanın çocuklarının herşeye aklı eriyor, dedi.

Onlar söylemeden, ben yavaşça kalktım, odadan çıktım. Kardeşimin patavatsızlığına, doğrusu ya, sevindim.

Öğretmenimiz, sanki içimden geçenleri anlamış gibi,

– Cumhuriyet kurulduktan sonra, kadınla erkek artık eşit olmuştur. Kadınla erkek arasında hiçbir fark yoktur, dedi.

Hiçbir fark olmamasını erkekliğine yediremeyen Yaşar,

– Hiç mi fark yok, öğretmenim? dedi.

– Yok.

– Küçücük bir fark da yok mu?

Öğretmen sert,

– Yok! dedi.

Yaşar,

– Evet ama öğretmenim, dedi, "Kadın Haklarını Koruma Derneği" var, oysa erkekler böyle bir dernek kurmamışlar. Annem, Kadın Haklarını Koruma Derneğine üye...

Neşe, Yaşar'ın sözünü keserek, hiç ilişkisi olmayan bişey söyledi:

– Hayvanları Koruma Derneği de var...

Yol boyunca, aramızda hep bu konuyu konuşup durduk.

Akşam evde, yemekten sonra oturuyorduk. Babam gazete okuyordu. Elindeki gazetede bir gazino ilanı gördüm. İlanda striptiz yapan kadınların yarı çıplak resimleri vardı.

– Baba, erkekler niye striptiz yapmıyorlar? diye sordum.

Gazeteyi önünden indirip, bisüre beni süzdükten sonra:

– Sen galiba oynattın, dedi. Hiç erkekler striptiz yapar mıymış?

– Bugün öğretmenimiz, kadınla erkek arasında fark yoktur, dedi. Fark yoksa erkekler de neden striptiz yapmıyor?

Babam,

– Erkek erkektir, kadın kadın... Ne de olsa bir fark var, dedi.

Annem, dikişten başını kaldırıp,

– Hem de büyük fark var, dedi. Mesela erkekler bütün gece dışarda gezebilirler, oysa kadınlar tek başlarına geceyarısından sonra sokağa çıksalar, ayıp... Neden?

Babamla annem tartışmaya başladılar.

Mektubundaki soru, yalnız benim değil, sorduğum herkesin kafasını karıştırıyor. Bana öyle geliyor ki, kadının kadın olarak, erkeğin de erkek olarak, ayrı ayrı şansları var. Tarihte biçok büyük, önemli kadın var. Acaba onlara, "Erkek olmak ister misiniz?" diye sorulsaydı, erkek olmak isterler miydi? Hiç sanmıyorum. İster kadın, ister erkek olalım, kendi kendimizden memnunsak, şanslıyız demektir.

Candan başarı dileklerimle.

Ahmet Tarbay

Köprücük Kemiği

Istanbul, 22 Aralık 1963

Zeynep Kardeşim,

İki üç gün arayla senden mektup almaya alıştığım için, hergün postacının yolunu gözlüyorum. Her akşam okul dönüşü anneme, "Mektup var mı?" diye soruyorum. Mektubun gelmemişse çok canım sıkılıyor. Ben mektubumu postaya verdikten dört beş gün sonra senin mektubun gelirdi herzaman. Ama bu sefer, dokuz gün geçti, senden haber yok. Merak etmeye başladım. Cevabını beklemeden bir mektup daha yazıyorum.

Geçen mektubumu postaya verdiğimin ertesi günü, tabiat bilgisi dersindeyken, okul müdürüyle birisi daha dershaneye girdi. Müfettişmiş. Öğretmenimizle bisüre konuştuktan sonra, Oğuz'u derse kaldırdı. Sen Oğuz'u tanımazsın. Bizim okula bu yıl, dersler başladıktan sonra geldi; sen buradan gittikten sonra. Taşrada bir okuldaymış. Sonra Istanbul'a taşınmışlar. Daha okula ilk geldiği gün hepimizi şaşırttı. Neden, biliyor musun? Kedi gibi çevik bir çocuk da ondan... Zavallı kekeme de, çok kekeliyor. İlkin, kimi arkadaşlar onunla alaya kalkıştı. Hiç kızmadı. Kendisiyle herzaman alay edilmesine alışık gibi. Alay edenlere gülümseyip geçti. Çocuklar kızdıramayınca alaydan vazgeçtiler. Oysa, Oğuz'un kendine bir güveni varmış da, ondan öyle kendisiyle alay edenlere gülümsüyormuş.

Paydosta bahçedeydik. "Kim benimle ağaca çıkma yarışı yapar?" diye hepimize meydan okudu. Zavallı Oğuz, bu sözü kolayca söyleyemedi; epiy uzun kekeledikten sonra ne demek istediğini anlatabildi. Çocuklar, beni ileri sürdüler. Ama ben bu kekeme çocuğu önemsemediğim için onunla yarışmak istemedim. Çok da iyi yaptığımı sonradan anladım. Ben ortaya çıkmayınca Cengiz atıldı. Üstelik bir de alay etti:

– Sen kekeleye kekeleye bir saatte çıkamazsın ağaca be...

Çocuklar bu soğukluğa gülüştüler.

Muslukların önünde atkestanesi ağacı var ya, işte o ağacın önüne, yere, çiviyle bir çizgi çizdik. Oğuz'la Cengiz çizgi üstüne geldiler. Ben "Bir, iki, üç!" dedim, fırladılar. Cengiz, ağacın gövdesine sarılmaya çalışıyordu ki, Oğuz birden gözden kayboldu. Ağacın tepesinden bir ses duyduk. Bir de baktık, Oğuz, ağacın tepesinde. Hem de ayağa kalkmış. Öyle kekeliyor ki, oradan ne dediğini zor anlayabildik. Ağacın gövdesine sarılmış olan Cengiz'e,

– Amma sarılmışsın!.. Çok mu seviyorsun? diye alay ediyormuş.

Cengiz de uğraşa uğraşa ağaca tırmanıp çıktı ama, yarı yüksekliğe varınca, daha yukarı tırmanmayı göze alamadı. Oğuz, bir kedi çevikliğiyle sıyrıldı ağaçtan, Cengiz'in yanına geldi. Sonra kayıp indi aşağı.

"Hadi? Var mısınız? Kendine güvenen çıksın!" diye bir daha hepimize meydan okudu. Bu olaydan sonra Oğuz birden gözümüzde büyüdü.

Okul dönüşü de, mezarlıktaki servilerden birisinin tepesine çıktı.

Oğuz, Mine'yle bir sırada oturuyor. Böyle cambaz bir çocukla sıra arkadaşlığından Mine övünüyor gibi.

Oğuz iki gün okula gelmedi, hastalanmış. Mine, onun okula gelmediği gün, "Çocuklar, biliyor musunuz, Oğuz neden kekeme olmuş?" dedi.

Merakla, "Nedenmiş?" diye sorduk.

Mine, Oğuz'un bir sırrını bilmenin övüngenliğiyle, "Bana anlattı," dedi. "Babası çok dövüyormuş da ondan... Daha küçükken, dayak korkusundan kekeme olmuş. Kendisi söyledi."

Bilgisinden ötürü daha da böbürlenerek,

– Nasıl böyle kedi gibi ağaçlara tırmandığını da biliyor musunuz? dedi.

– Nasıl?

– Çünkü, dedi, babası kızar kızmaz o da dayak yememek için kaçıyormuş. Babası da kovalıyormuş. Yakalanacağı sırada, ağaçlara tırmanmak zorunda kalıyormuş. Öyle yüksek ağaçların en ucuna çıkıyormuş ki, babası oralara çıkamazmış. İşte böyle böyle, ağaçlara çıkmanın ustası olmuş...

Tabiat bilgisi dersinde, müfettişin derse kaldırdığı işte bu Oğuz. Duvarda insan iskeletini, kasları, bir de sindirim organlarını gösteren üç tablo asılıydı.

Müfettiş, iskelet tablosundan bir kemik gösterip,

– Bu nedir? diye sordu.

Oğuz'da ses yok.

– Bu ne kemiği?

Yine ses yok.

Ayakta duran Oğuz'un arkasındaki sırada Mine oturuyor. Mine eğilip,

– Köprücük kemiği, diye fısıldadı.

Oğuz bikaç kez, "Kö... köp... köp..." diye zorlandıktan sonra,

– Köprücük kemiği! diye bağırdı.

Müfettiş, başka bir kemiği gösterip,

– Ya bu ne? dedi.

"Ya bu ne?" diye sorulunca, Oğuz demin yanlış söylediğini, asıl köprücük kemiğinin şimdi gösterilen olduğunu sanıp,

– Köprücük kemiği, dedi.

Müfettiş, ayak kemiği eklemini gösterdi:

– Peki, ya bu ne?

Büsbütün şaşıran Oğuz, yine,

– Köp... köp... köprücük kemiği... dedi.

Müfettiş,

– Öyleyse bu ne? diye bağırdı.

Bu kez yandaki tablodan boyun kaslarını gösteriyordu.

– Köprücük kemiği, efendim...

Oğuz her seferinde, köprücük kemiğinin son gösterilen yer olduğunu sanıp, her neresi gösterilirse "köprücük kemiği" diyordu boyuna. Kekelemekten ter içinde kalmıştı. Müfettiş de o kadar kızmıştı ki, o da sonunda, Oğuz gibi kekelemeye başlayıp,

– Pe... pe... peki, ya bu ne? diye bağırdı.

– Köö... köprücük kemiği...

Müfettiş,

– İnsaf be!.. dedi. Bu insan bedeninde köprücük kemiğinden başka hiç mi bişey yok? Otur yerine!..

İşte son bikaç günün anlatmaya değer olayı bu.

Geçen mektubuma bugüne kadar cevap alamadığım için meraktayım. Yoksa hasta mısın? Haberlerini bekliyorum.

Ahmet Tarbay

Yaş Günü

Ankara, 25 Aralık 1963

Ahmet,

14 ve 22 Aralık tarihli mektuplarını aldım. Çok teşekkür ederim. Hastalanmıştım, o yüzden mektuplarını çabuk cevaplandıramadım. Önemli değildi hastalığım, soğuk algınlığı. Hastayken de mektup yazabilirdim sana, ama anneme yada ablama mektubumu postaya attırmak istemedim. Metin de benimle birlikte hastalanmasaydı, onunla postaya gönderirdim mektubumu. Ama Metin de hastaydı. Ben dün iyileştim iyice, bugün de okula gittim. Okul dönüşü sana mektup yazmaya hazırlanırken annem seslendi:

– Zeynep, mektubun var...

Zarfta adresini okumuş olacak,

– Ahmet'ten geliyor, diye ekledi, vefalı bir arkadaşınmış, seni hiç mektupsuz bırakmıyor.

Mektubunu okuduktan sonra Metin'in yanına gittim. O da hasta. Termometreyi koydum. Ateşi 38,2.

Hastalanmamız göz göre göre oldu. Bizim sınıftan Ataman adında bir arkadaşımızın yaş günüydü. Onların evine gitmiştik. İşte orda hastalandık. Sınıf arkadaşlarımızdan oraya gidenlerden üç çocuk daha hastalandı.

Annem, bizim okulun Okul-Aile Birliği toplantısında Ataman'ın annesiyle tanışmış. Bizi ille de oğlunun yaş günü toplantısına çağırmış. Bizim evin adresini almış. "Arabayla gelir, sizi alırız," demiş. Annem, yalnız bizi göndermeye razı olmuş ama, "Sizi de, beyefendiyi de bekleriz," diye öylesine üstelemiş ki, annem de, peki demek zorunda kalmış.

Babam duyunca, "Çocuğun yaş gününde bizim ne işimiz var?" dediyse de, annem, kadının üstelemeleri karşısında söz verdiğini söyledi. Ataman'ın annesi, "Siz de gelmezseniz, darılırım," demişmiş.

Yaş günü armağanı olarak ben bir kitap aldım. Metin dolmakalem aldı Ataman'a.

Öğleden sonra bizim eve arabayla geldiler. Babamla Ataman'ın babası arabada tanıştılar. Kendi özel arabalarıymış.

Dedikodu yapıyorum diye belki de sevmeyeceksin yazdıklarımı. Ama ben ne gördüysem onu yazacağım.

Atamanların zenginliği evlerinde ilk bakışta belli oluyor. Annemin, babamın kulağına, "Aman ne zevksizlik... Şu eşyaların uygunsuzluğuna bak!" dediğini duydum.

Ataman'ın babası her sözüne ya "bendeniz" ya "zatıâliniz" diye başlıyor.

Ev çok büyük ama, içerisi de çok kalabalıktı. Biyandan da çağrılılar gelmekteydi. Biz, onbeş kadar çocuktuk, ama büyükler otuzdan çoktu. Bütün öbür çocuklar da, bizim gibi, anababalarıyla gelmişlerdi.

Metin, anneme,

–Ataman'ın babasının yaş günü mü? diye sordu.

Metin, herkesin içinde uygunsuz bir söz söyledi mi, annem onu kimse görmeden yavaşça çimdikler. Metin yine çimdiği yiyince, uygunsuz bir söz söylediğini anlayıp sustu.

Ataman'ın annesi, anneme,

–Evde olmuyor efendim, dedi, ev dar geliyor. Eksik olmasınlar, eş dost çok. Çağırmasan olmaz, hatırları kalır. Bizimkine söyledim; gelecek yıl oğlanın yaş gününü büyük bir otel salonunda kutlayacağım. Bizimkini razı ettim. Sağolsun, bizimki hiç sözümden çıkmaz.

Kocasından hep "bizimki" diye, Ataman'dan da "oğlan" diye söz ediyordu. Anneme,

–Bizimki her ne desem yapar. Sizinki nasıldır? diye sordu.

Yüzünün değişmesinden annemin bozulduğunu anladım.

–Kim bizimki? dedi.

Ataman'ın annesi gülümseyerek,

–Sizinki canım, sizin bey, dedi. Yani sizinki de yumuşak başlı mıdır?

Annem, hoşlanmadığı konuşmanın konusunu değiştirmek için,

–Sıcak biraz, değil mi? dedi.

–Oğlanın yaş günü diye kaloriferi iyice yaktırdık da... Bizimki iyidir hoştur ya, çok eli açıktır. "Oğlanın şerefine yansın kalorifer," dedi. Hiçbir gereği yokken yazıhanesinde sekreter diye iki üç kız kullanır. Erkek milleti değil mi kardeş, al birini vur ötekine...

Kaşları çatılan annem, Metin'le bana,

–Hadi siz biraz babanızın yanına gidin! dedi.

Erkekler ayrılıp büyük salonda toplanmışlar. Masada yiyecek, yemiş, içki dolu... Ataman'ın babasıyla ayakta konuşan babam, gelişimizden pek memnun olmadı.

–Neden annenizi bıraktınız? dedi.

Metin,

–O gönderdi... dedi.

Ataman'ın babası bizi gösterip, babama,

–Bunlar zatıâlinizin mi? diye sordu.

–Evet...

–Allah bağışlasın!.. Haa, ne diyordum; bendeniz cimrilikten hiç hazzetmem. Gelgelelim, şu karı milleti çok cimri oluyor yahu... Alalım şu benim karıyı. Ucuz olsun diye, hizmetçiler için ayrı, kötü portakal alır. Olmaz canım. Sen ne yersen, hizmetçi de onu yiyecek. Bendeniz bunu benim karıya anlatamadım gitti. İnsaniyete aykırıdır diyorum, anlatamıyorum. Çünkü sen portakaldan on kuruş kazanayım derken, hizmetçi kızar, ikiyüz liralık kayık tabağını elinden kaymış gibi yapar, düşürür, kırar. Bizim karı anlamıyor...

Babam bizi,

–Hadi, annenizin yanına gidin! diye yanlarından uzaklaştırdı.

Öbür çocukların da bizim gibi canları sıkılıyordu. Bir kadın, çocukların gürültüsünden yakınarak,

–Çocuklarla da biyere gelinmez ki... dedi yanındaki kadına.

Babam, anneme,

–Gitsek, iyi olacak... dedi.

Annem,

– Ayıp olur, biraz daha sık dişini! dedi.

Ataman'ın babası, elinde gazetelerle, babamın yanına geldi,

– Bendeniz, fakir çocuklara da çok yardım etmişimdir, dedi. Her bayram öteberi dağıtırım fakir çocuklara... Bakın, işte gazeteler yazar hepsini!..

Çocukları bir odaya doldurdular. Bir masanın üstünde Ataman'a getirilen armağanlar yığılmıştı. Çok sıcaktı. Pencereyi açtılar. Biz Metin'le açık pencere önünde durduk. Terli terli orda üşütmüşüz işte.

Babam, gitmek için izin istedi.

Ataman'ın babası,

– Daha akşam yemeği bile yemedik, iki kadeh içmedik... dedi.

Babam, işi olduğunu söyledi.

Sokağa çıkınca, annem, canı sıkkın olan babama,

– Çok affedersin, dedi, böyle olacağını bilemezdim. Kadın öyle üsteledi ki, reddedemedim...

Ertesi gün ateşim otuzdokuza çıktı.

Önceki gün mektubunda, benden, Hikmet için bilgi yazmamı istiyordun. Hikmet, bir haftadır okula gelmiyor. Zavallının ne olduğunu bilmiyorum. Arkadaşlardan evini bilen de yok. Beni çok üzdüğü için bu haberi ensona bıraktım.

Cevabını, benim gibi geciktirmeyeceğini umarım.

Zeynep Yalkır

Bir Dâhi Yetiştiriliyor

Istanbul, 29 Aralık 1963

Kardeşim Zeynep,

Sana da, kardeşine de geçmiş olsun. Annenin beni hatırlamış olmasına çok sevindim.

Arkadaşın Ataman'ın yaş günü toplantısını ne güzel anlatmışsın.

Biliyor musun, şimdiye kadar benim yaş günüm hiç kutlanmadı. Ailemizde böyle bir gelenek yok. Ben de başka arkadaşlarımın yaş günü toplantılarına gitmiyorum. Yalnız büyük tatilde bir yaz günü annemle, bir akrabamızın evine üç gün için konuk gitmiştik. Akrabamızın kızının bir arkadaşının yaş günü varmış. Beni de çağırdılar.

O günden aklımda iki şey kaldı, hiç unutamıyorum. Bunlardan biri çok yaramaz bir çocuktu. Evin altını üstüne getirdi. Yapmadığı kalmadı. Birara, helanın kapısı içerden güm güm vurulmaya başladı. Bütün çağrılılar hela kapısı önünde toplandı. İçerden bir kadın sesi duyuluyordu. Kadın içerden hem kapıyı vuruyor, hem bağırıyordu:

– Birisi kapıyı arkadan kilitlemiş. Açınız kapıyı!

Ev sahipleri, helanın anahtarını aramaya başladılar. Şişman, kısa boylu bir adam kahkahalarla gülüyor,

– Mutlaka benim oğlan yapmıştır... Nerde benim oğlan? diye söyleniyordu.

Şişman adamın oğlunu bulamadılar. Ama o adam boyuna oğlunu anlatıyordu:

– Çok zeki maşallah... Durduğu yerde duramaz... Hanımefendiyi helaya mutlaka o kilitlemiştir, göreceksiniz...

Kadıncağız, içerden hela kapısını yumruklaya dursun, şişman adam, çok zeki oğlu üstüne oradakilere konferans veriyordu:

– Maşallah çok zekidir... Hiç ders çalışmaz efendim, ama imtihan günü şöyle bir bakar kitaba, şıp diye öğrenir. Ben de çocukluğumda öyleydim, hiç çalışmazdım. Bana çekmiş kerata... Arkadaşları ha babam çalışır, benim oğlan çalışmaz, ama geçer sınıfı maşallah. Çok zeki kerata. Ben sevmem öyle durmadan çalışanları...

Herkes, odalarda, bu zeki çocuğu aramaktaydı.

Şişman adam hiç keyfini bozmadan,

– Karyolanın altına bakın, evde oraya gizlenir, diye bağırıyordu.

Ev sahibi, eğilip karyolanın altına bakarken, yukardan başına bişey düştü. Bu düşen anahtardı. Daha sonra, gardırobun üstünden yatağa bir çocuk atladı.

Şişman adam,

– Ben söylemedim mi benim oğlandır diye!.. dedi. Yaramazlığı zekâsından...

Babasının çalışmamasıyla övündüğü bu çocuk, o gün herkesi tedirgin etti.

O günden unutamadığım biri de, bir dâhi adayı çocuktu.

Beni o eve götüren akrabamın kızı, bir çocukla tanıştırdı; zayıf, şaşı, gözlüklü bir çocuk. El sıkıştık. Adını sordum. Sesini çıkarmadı. Sağır sandım. Daha yüksek sesle bir daha sordum. Sanki çok zor bir problem çözümlermiş gibi bisüre düşündükten sonra adını söyledi. Kaçıncı sınıfta olduğunu sordum. Yine uzun uzun düşündükten sonra cevap verdi. Kendiliğinden bişey söylemiyor, ancak sorulunca düşüne düşüne cevap veriyordu. Sıkıldım oğlandan. Uzaklaştım ondan. Beni oraya getiren akrabamın kızına,

– Bu oğlan budala mı? dedim.

Kız güldü.

– Hiç budala olur mu? Onu babası dâhi yetiştiriyor... dedi.

Yanımıza sokulup konuşmamıza katılan başka bir kız,

– Ona bizim okulda, dâhi adayı derler, dedi.

– Adını sorunca iki dakika düşünüp söyleyen dâhi olur mu hiç?

– Dâhiliğinden öyle yapıyor. Babası öyle öğretmiş. “Adın bile sorulsa, düşünmeden söyleme,” demiş. Çünkü dâhiler hep düşünürmüş.

O iki kız, birbirlerinin sözünü tamamlayarak bu dâhi adayı çocuğu anlatmaya başladılar. Bu çocuğun babası çok akıllı bir adammış. Bütün dâhilerin nasıl yetiştiklerini incelemiş. Kendisi de bir dâhi babası olmak istemiş. İncelemelerinden vardığı sonuca göre, dâhilerin büyük çoğunluğunun babaları yaşlı oluyormuş. Onun için bu adam da epiy yaşlandıktan sonra evlenmiş.

– Siz bunları nerden biliyorsunuz? O çocuk mu anlattı size? diye sordum.

Bu olayı, bütün mahalleli biliyormuş. Evlerde hep konuşulurmuş. Onlar da büyüklerden duymuşlar.

Adam evlenmiş ama, çocuğu olmuyormuş. Dâhi babası olmak için yaşlanayım derken, gereğinden çok yaşlanmış olacak ki, baba olamıyormuş. Buyüzden boşuna üzülmüş. Çünkü karısı gebe kalmış. Adam, çocuğu sıska olsun diye dua ediyormuş. Çünkü, dâhilerin büyük çoğunluğu, hastalıklı, zayıf çocuklardan yetişirmiş. Çocuk doğmuş. Öyle sıskaymış ki, görenler bu çocuk yaşamaz, demişler. Neyse çocuk yaşamış. Çok büyük bir dâhi şair varmış. Adamın bir kitapta okuduğuna göre, bu şair, çok erken memeden kesildiği için dâhi olmuşmuş. Adam da, dâhi olması için çocuğunu bir aylıkken memeden kestirmiş. Bir yaşındayken çocuk salıncaktan düşüp şaşı olunca babası çok sevinmiş. Çünkü, bir dâhi yazar varmış, şaşıymış... Şimdi de bu adamın bütün çabası, çocuğunun kısa boylu kalmasıymış. Çünkü dâhilerin pekçoğu kısa boyluymuş.

Bütün bunları dinledikten sonra, o çocuğun adını bile neden düşünerek söylediğini anladım. Çocuk düşünmüyor, adını hatırlamaya çalışıyor bence...

Arkadaşın Hikmet'in okula gelmeyişine çok üzüldüm. Zavallı ne oldu acaba?

Biz dün okulda aşı olduğumuz için bugün okula gitmedim. Bu mektubu şimdi götürüp postaya vereceğim. Sonra eve dönüp matematik ödevlerimi yapacağım. Aşı yapılan sol kolumu oynatamıyorum, ağrıyor.

Hoşça kal Zeynep. İyilik ve başarılar dilerim kardeşim.

Ahmet Tarbay

Damlaya Damlaya Sel Olur

Ankara, 2 Ocak 1964

Kardeşim Ahmet,

İki gün önce mektubunu, mektubundan bigün önce de yılbaşı kartını aldım. İkisi için de çok teşekkür ederim. Ben de sana, geçen yılın son günü bir yılbaşı kartı göndermiştim. Herhalde almışsındır. Ama senin yılbaşı kartın çok güzel. Senin yaptığın gibi bir resim yapıp göndermek hiç aklıma gelmedi. Ama ben senin gibi güzel resim yapamam ki... Kutlama kartına yaptığın resmi, burdaki arkadaşlarıma gösterdim. Çok beğendiler.

Bizim evde yılın ilk günü, yılbaşı gecesinden çok daha eğlenceli geldi bana. Anlatmaya değer doğrusu.

Annem de, babam da çok tutumludur. Yanlış anlama, eli sıkıdır demek istemiyorum. Ama ikisi de yorganlarına göre ayaklarını uzattıklarını sanırlar. Unutup da kapağını kapamadan dolmakalemimi masanın üstünde bırakacak olsam, babam, bana bunun için uzun uzun öğütler verir:

– Dolmakaleminin kapağını kapamazsan, ucundaki mürekkep kurur, yazamazsın. Sonra yere düşerse ucu kırılır. Bunlar hep ziyandır. İnsan tutumlu olmalı.

Kardeşim, defter yaprağının yalnız bir yüzüne yazsa yada bir iki yaprak atlasa, annem ona öğütler verir:

– Ziyancı olma oğlum. Damlaya damlaya göl olur. Hergün böyle bir yaprak ziyan etsen, yılda koca bir defter olur. Yazık değil mi?

Metin çok kalem kaybeder.

Annem,

– Sana kalem almaktan bıktım artık! diye bağırır.

Tutumluluk elbet iyi şey. Ama bizim evdeki bu aşırı tutumluluk canımı sıkmaya başladı. Büyükannem, benim tutumlu olmayışımdan çok yakınır.

– Kızım, bir olmadan bin olmaz... Damlaya damlaya göl olur...

Büyükbabam kardeşimle bana kumbara almıştı. Kumbarayı verirken,

– Unutmayın, demişti. Kulağınıza küpe olsun, damlaya damlaya göl olur. Söyleyin bakayım, ne olurmuş?

Büyükbabam hep böyledir; bize bişey söyledi mi, arkasından hemen sorar:

– Damlaya damlaya ne olurmuş?

– Göl olurmuş, büyükbaba.

Sonra da uzun bir "Aferiiin!" çeker.

Ben bu "damlaya damlaya göl olur" atasözünden bıktım usandım artık. Bizim evde bu atasözünün bikaç kez söylenmediği gün olmaz.

Yılbaşı gecesi, annemle babam, komşularımızla bir gazinoya gideceklerdi. Oysa daha önceki yılbaşlarını hep birlikte evimizde geçiriyorduk.

Babamın sınıf arkadaşı olan komşularımız, gazinoda önceden yer ayırtmışlar. Onlar, akşam yemeği saatinde gittiler gazinoya. Babam, bizim yılbaşı geleneğimizi bozmadı. Hep birlikte akşam yemeğimizi yedik, eğlendik. Geç vakit, annemle babam, ablamı da alıp gittiler. Büyükbabamla büyükannem bizde kaldı. Güzel eğlenceler düzenledik. Tombala oynadık. Biz tombala numaralarını çekerken büyükannem uyukladığı için, tombalada hiç kazanamadı.

Geceyarısından biraz sonra yattık.

Uyandığım zaman evde çıt yoktu. Bizimkiler daha dönmedi sandım. Bisüre yatakta uyanık yattım. Sonra Metin geldi odama,

– Ne olmuş bunlara? dedi.

– Ne olmuş?

– Gel de bak. Ablam, elbiseleriyle divana yatmış uyumuş. Babam halının üstünde uyuyor. Annemi göremedim.

Kalkıp baktım. Büyükannemle büyükbabam evlerine gitmişler. Ablam, yeni tuvaletiyle divana uzanıp kalmış. Saçlarında konfetiler dolu, boynuna renkli serpantinler sarılmış. Halının üzerinde uyuyan babamın yüzünde bir maske var. Ayağının birine de kâğıttan bir şapka geçmiş.

Yalnız annem yatağına yatmış, ama iskarpinin teki koridorda, teki odasında, yerde...

Annemin üstünü örttüm. Ablamı zorla uyandırıp yatağına götürdük. Ama ne yaptıksa babamı bitürlü uyandıramadık.

Ancak öğleden sonra teker teker uyanıp kendilerine gelebildiler. İlk uyanan annem oldu. Babamı kaldırdı. Ablam en geç kendine gelebildi. Biraz sonra da kolyesinin boynunda olmadığını söyledi. Gece biyerde düşürmüş olacaktı.

Annemle babamın, yeni yıla girerken şanslarını denediklerini, çok para kaybettiklerini konuşmalarından anladım.

Annem birara babama,

– Pekiy bu ayı nasıl geçireceğiz? dedi.

Babam,

– Şirketten avans alırım, dedi.

Oysa böyle konuşmalar bizim evde duyulmaz. Öğleden sonra büyükbabamla anneannem geldi.

Anneannem,

– İyi eğlendiniz mi? diye sordu.

Annem,

– Aman, bu son, dedi, bidaha evimden dışarda yılbaşı geçirmem.

Annem, Metin'le beni biyana çekti,

– Çocuklar, sizin paranız vardır, verin de ben size yarın geri veririm... dedi.

Paralarımızı anneme verdik. Biraz sonra kapı çalındı. Komşumuzun kızı Nurten, babasından yazılı bir kâğıt getirmiş babama. Yazılı kâğıdı babama götürürken okudum.

"Dostum,

Dün geceki durumu biliyorsun. Bende on para kalmamış. Eve nasıl geldiğimizi hatırlamıyorum. Herhalde siz getirdiniz. Bana yüz lira gönderebilir misiniz? Teşekkürler..."

Kâğıdı babama verdim. Okudu. Annemle fısıldaştılar. Sezinlediğime göre babam arkadaşına, parası olmadığını söyleyemiyordu. Sonunda olan ablamın kumbarasına oldu. Bize belli etmemeye çalışarak ablama söylediler, kumbarasını açtılar, çıkan parayı Metin'le Nurten'in babasına yolladılar.

Metin, kalemini aradı, bulamadı. Yine herzamanki gibi kurşunkalemini kaybetmişti.

Annem kızdı,

– Bu çocuk, hiç tutumlu değil, sana kurşunkalem almaktan artık bıktım! diye bağırdı.

Büyükbabam da herzamanki öğütlerine başladı:

– Bir olmadan bin olmaz! Ne olmazmış?

Metin,

– Bin olmaz! dedi.

– Aferin! Damlaya damlaya göl olur. Ne olurmuş?

Ben, Metin'den önce davranıp,

– Göl olmaz! dedim.

Büyükbabam,

– Nasıl, dedi, göl olmaz mı?

– Olmaz, büyükbaba.

Çatık kaşla,

– Ya ne olur? dedi.

– Damlaların düştüğü yer çukursa göl olur. Ama çukur değilse... Damlar, damlar, damlar...

– Eeee? Sonra?

– Sel olur, akar gider...

Babam, sert sert yüzüme baktı.

Yeni yıla işte böyle girdik. Annemle babam, gelecek yılbaşını evde bizimle geçirecekler.

Sen nasıl geçirdin yılbaşı gecesini?

Yeni yılın sana başarılar ve mutluluklar getirmesini dilerim.

Zeynep Yalkır

Yeni Yıla İyi Girdik

Istanbul, 5 Ocak 1964

Zeynep,

Yeni yıl kartını alalı epiy oldu. Teşekkür ederim.

Biz yılbaşı gecesini büyük amcalarda geçirdik. Onların evi büyük çünkü. Öbür amcamlar da gelmişlerdi.

Erken yatmaya alışık olduğum için, yılın ilk saatine kadar zor oturdum. Radyoyu dinlerken uyumuşum.

Ertesi gün bizim ev, tıpkı başka günler olduğu gibiydi. Ama sizin evde yılın ilk günü olanlar, bizim evde genellikle olağandır. Babam, dışarda çok para harcamışsa, bunun acısını evde çıkarmaya çalışır.

Bazı geceler akşam yemeğini arkadaşlarıyla dışarda yer. Ertesi gün bardağa doldurduğum suyun hepsini içemezsem bazı, kızar.

– Bardağa içeceğin kadar su koy! Suyu ziyan etme! der.

Oysa bardağın dibinde ancak iki parmak su kalmıştır. Sonra bardağın dibinde kalan suyu, ziyan olmasın diye saksıdaki çiçeğe döker. Böyle zamanlarında babamın bir gece önce arkadaşlarına bol bol ikramlarda bulunmuş olduğunu anlarım.

– Diş fırçasına o kadar çok macun konmaz! Ziyandır bu!.. diye bağırınca, babamın birilerine ziyafet çektiği belli olur.

Çözemediğim için bir paketin ipini kesmeye kalksam,

– Ziyan etme sicimi. Güzelce çöz, sar, biyana sakla! diye öğüt verir.

Ben, o zaman babamın arkadaşlarına bir ziyafet çektiğini anlarım.

Çok görmüşümdür, babam başkalarıyla yemek yese, biyerde çay içse, ille de parayı kendisi ödemek ister. Karşısındakine, "Vallahi olmaz... Darılırım... Ben vereceğim parayı... Darılırım yoksa..." diye üsteler.

Ama bu çekişmenin ertesi günü, evde,

– Eski gazeteleri atıp ziyan etmeyin. Saklayın, paket yaparsınız. Biriktirin, satarsınız. Hiçbir işe yaramıyorsa sobada odun tutuşturursunuz! der.

Sizin evde nasıl ençok söylenilen atasözü "damlaya damlaya göl olur"sa, bizim evde de ençok "sakla samanı, gelir zamanı" atasözü söylenir. Ama babam, dışarda gereksiz yere para harcamamışsa, evde bize çok cömert davranır. Yılbaşında ve ertesi gün de öyleydi. Bana yeni yıl armağanı olarak büyük bir suluboya takımı aldı. Şubatta iki haftalık tatile girince boyuna resim yapacağım.

Biz yeni yıla evcek çok iyi girdik.

Yeni yılın bütün ailenize uğurlu olmasını dilerim.

Ahmet Tarbay

Pasaklı Kız

Ankara, 8 Ocak 1964

Sevgili Kardeşim Ahmet,

Sana önce Hikmet'ten haber vereyim. Hikmet okula gelmeye başladı. Babasıyla annesi barışmışlar. Onun için Hikmet pek sevinçli.

Bir haber daha vereyim. Bana gönderdiğin mektupları biriktiriyordum, ama dağınıktı. Şimdi hepsini tarih sırasına göre düzenledim, bir dosyaya koydum. Bu işi kendiliğimden akıl edeceğim yoktu. Bak, nasıl oldu anlatayım. Bizim evde benim bir adım da "Pasaklı Kız"dır. Annem, babam, ablam, hepsi benim dağınıklığımı, savrukluğumu kınarlar. Oysa ben çok düzenli olmaya da özeniyorum, demek beceremiyorum.

Pazar sabahı, ödev defterimi nereye koydum diye aranıp duruyordum evin içinde.

Annem,

– Kızım, ne olacak senin bu halin? Eline aldığın şey, yok oluyor ortadan... diye söyleniyordu.

Kendi kendime "Ben neden böyleyim?" diye üzülüp dururken, babam da söylenmeye başladı. Büyükbabamla anneannem de bizdelerdi. Onlar da dağınıklığımdan yakındılar. Ablam, onlardan hiç de geri kalmadı. Yalnız Metin, benden yana olduğu için, yanıma gelip,

– Bu evin içinde insan kendisini bile kaybeder... dedi.

Hepsinin de ağızbirliğiyle beni suçlamalarından öyle canım sıkıldı ki... İşte o sıkıntıyla masamı, kitapları-

mı, odamda her neyim varsa hepsini bir çabuk düzeltmeye, düzenlemeye başladım. Masamın gözünde, kitaplarımın arasından bir ruj, iki kartpostal, bir de erkek çorabı teki çıktı. Bunları alıp salona gittim. Salonda oturmuş, hâlâ dağınıklığımı anlatıp beni çekiştiriyorlardı. Erkek çorabı tekini havaya kaldırıp,

– Kitaplarımın arasında buldum, bu çorap kimin? diye bağırdım.

Babam, anneme,

– Aaaa, geçen sabah arayıp da bulamadığın çorabımın teki... dedi.

– Ya bu ruj kimin? diye sordum.

Annem,

– Nerden çıktı, ben de onu arayıp duruyordum... dedi.

– Birisi, masamın üstüne koymuş...

Annem,

– Aaa, geçen gün ben orda unutmuştum... dedi.

Kartpostalları uzattım:

– Bunlar kimin?

Ablamın yüzü kızardı,

– Nerden aldın onları? dedi.

– Birisi kitaplarımın arasına koymuş. Arkasındaki yazıları okumadım, dedim, kartları verdim.

Ders çalışmak için masama oturdum. Ama kalemimi bulamadım. Heryerde aranmaya başladım.

Annem,

– Yine ne aranıp duruyorsun? Neyini kaybettin? dedi.

– Kalemimi gördünüz mü? dedim.

Annem,

– Bir kalemine sahip olamıyorsun, diye başladı, açtı ağzını.

Anneannem,

– Kız, sen bu pasaklılıktan ne zaman kurtulacaksın? dedi.

Babam,

– Kızım, sana kaç kere, herşeyi yerli yerine koy, demiyor muyum? Sen hiç sözden anlamaz mısın? dedi.

Ablam, büsbütün damarıma basmak için onlardan geri kalmadı:

– Şimdilik benim kalemimle yaz ama, sakın benimkini de kaybetme!

Kalemini alıp bana vermek için odasına gitti, ama odasından seslendi:

– Kim aldı benim kalemimi, gören var mı?

Üzüldüğümü gören anneannem saçlarımı okşayarak,

– Zeynep'çiğim, dedi, senin yaşında kızlar koca evi çekip çeviriyorlar, sen bir kalemine, defterine bile sahip olamıyorsun... Dağınıklık hiç de iyi bişey değildir.

Biyandan annem söyleniyordu:

– Ailemizde savruk kimse de yoktur ama, bu kız böyle kime çekti, bilmem ki...

Bunlar, bizim evde benim herzaman işittiğim sözlerdir, artık alıştım. Ben ençok büyükbabamdan çekiniyordum. Bizim evde ondan herkes çekinir. Albay emeklisi olan büyükbabam çok sert adamdır. Annem ondan hâlâ korkar. Babam bile ondan çekinir.

Büyükbabam,

– Hayatta başarının en büyük şartı düzenli olmaktır, dedi.

Büyükbabamın huyunu yazmıştım bir mektubumda sana. Bişey söyledi mi, onu karşısındakine sorup tekrarlatır. Bana da sordu:

– Söyle bakayım, başarının ilk şartı neymiş?

– Düzenli olmak, büyükbaba.

– Aferiiin!.. Herşeyin ayrılmış kendi yeri olacak. Nesi olacakmış?

– Herşeyin bir yeri olacak.

– Aferiiin!.. Elini attın mı, aradığını şıp diye bulacaksın. Ne yapacakmışsın?

– Elini atınca aradığını yerinde bulacaksın.

Babamın söylediğine göre, büyükbabamın her söylediğini bir de karşısındakine sorup tekrarlatması, askerlikten kalma huyuymuş. Erlere ders öğretir gibi konuşmayı, askerlikte huy edinmiş.

Babam, büyükbabama,

– Çok doğru efendim, dedi, ben neyimin nerde olduğunu gözüm kapalı bilirim. Yıllardanberi herşeyimi belli bir yerime korum. Mendilimin, çakmağımın hangi cebimde olduğunu ezbere bilirim. Para çantam herzaman hep aynı cebimde durur.

Büyükbabam,

– Çok iyi, öyle olmalı!.. dedi.

Metin'le bana ders vermek, örnek olmak isteyen babam,

– Bakın, şimdi burda bir deneyelim, dedi.

Ayağa kalktı. Gözlerini yumdu,

– İyi bakın, dedi, ben gözlerim kapalı, neyimin nerde olduğunu bulacağım. Çakmağım, herzaman yeleğimin sol alt cebinde durur... İşte bakın!

Gözleri yumulu olarak, sol elini söylediği cebine soktu, karıştırdı, karıştırdı... Bitürlü çakmağını bulamıyordu. Suratı asıldı,

– Şaşılacak şey, şaşılacak şey... diye mırıldandı.

Bisüre daha cebini karıştırıp çakmağını bulamayınca, büsbütün bozulmamak için, lafı değiştirdi,

– Mesela, dedi, dolmakalemimi herzamanki yerinde, gözlerim kapalı bulabilirim... Benim dolmakalemim, ceketimin sol iç cebindedir. İşte, bakın...

Babam, sağ elini ceketinin sol iç cebine soktu ve ordan çıkardı, ama dolmakalemini değil, çıkardığı şey termometreydi.

– Gördünüz ya!.. deyip de gözlerini açınca, elinde tuttuğunun termometre olduğunu gördü, pek şaştı.

Tatsız bir gülümseyişle,

– Öyle ya, dedi, geçende Metin hastalanmıştı ya, sabah işe giderken ateşine bakmıştım, o zamandan termometre cebimde kalmış. Şimdi de not defterimi bulayım... Benim not defterim, ceketimin üst sol cebinde bulunur.

Yine gözlerini yumup elini attı, ama,

– Sol cebim nerde canım? dedikten sonra gözlerini açtı.

Annem,

– O ceketini terziye tersyüz ettirmiştin ya, dedi, sol cep de tabii sağa geçti...

Babam, düştüğü durumdan kurtulmak için, bişeyini olsun yerli yerinde bulmak istediğinden,

– Evet, dedi, küçük not defterim hep ceketimin mendil cebinde, yani burda bulunur. İşte!..

Tersyüz edilmiş ceketinin sağa geçmiş üst cebinden bir masura iplik çıkardı.

Alay etmesini çok seven büyükbabam,

– Söyleyin bakayım, dedi, babanızın not defteri nerde bulunurmuş?

Biz ağzımızı açmadan, annem,

– Geçen sabah, ceket astarının söküğünü dikmiştim ya, demek ipliği cebinde unutmuşum... dedi.

Çok bozulan babam, ne olursa olsun, cebinde bişey bulmak için, elini ceketinin iç cebine daldırdı, soktu, soktu, o kadar çok karıştırdı ki, büyükbabam,

– Ne o, yoksa petrol mü arıyorsun? dedi.

Büyükbabam öyle güldü, öyle güldü ki, sonunda kahkahaları öksürük oldu. Öksürük arasında,

– Paltomun cebinden mendilimi getirin, sağ cebindedir, dedi.

Koşup elbise askısındaki paltosunun sağ cebine baktım, mendil yoktu.

– Büyükbaba, sağ cebinizde yok...

– Söylenileni bile anlamıyorsunuz, ben sağ demedim, sol cebine bak!..

– Sol cebinizde de yok...

– Olmaz öyle şey... Getir bana paltomu!.. Kırk yıldır orda durur mendil.

Paltosunu getirdim, iki cebine de bakıp mendilini bulamayınca,

– Birisi cebimden mendilimi almış... dedi.

Bu sırada annem, içerden, koşup bir temiz mendil getirmiş, büyükbabamın paltosunun sağ cebine koymuştu.

Büyükbabam,

– Hah, işte burda, dedi, ben demedim mi size?

Öksürüğü dinmiş olan büyükbabam, üstünde bişeyler arandıktan sonra,

– Nerde benim cıgara paketim? Kim kaldırdı paketimi? Çabuk, bulun! diye bağırdı.

Büyükbabamı daha çok kızdırmamak için hepimiz evin içine dağılıp onun cıgara paketini aramaya başladık. Bu sırada kapı zili çalındı. Gelenler, babamın sınıf arkadaşı komşularımızdan bir karıkocaydı. Bizim büyük bir ciddilikle cıgara paketini aradığımızı görünce, onlar da aramaya katıldılar.

Aradabir büyükbabam, yalnız ondan görülebilecek bir kızgınlıkla,

– Bulun çabuk cıgaramı, yoksa karışmam ha! diyordu.

Babamın arkadaşı, kendi cıgarasını uzatıp,

– Şimdilik bundan içer misiniz? dedi, ama dediğine pişman oldu.

Büyükbabam, hiçbirimizi ayırt etmeden,

– Bulun çabuk paketimi!.. diye bağırıyordu.

Metin, elinde bir çift kadın çorabıyla geldi,

– Kimin bunlar? dedi.

Annem,

– Ayol, ne zamandır arıyordum onu, nerden buldun? dedi.

Metin,

– Büyükbabamın cıgara paketini ararken, mutfakta, buzdolabının üstünde buldum, dedi.

Dışardan bir paket cıgara satın almak kolay ama, büyükbabamın madenden bir tabakası var, cıgaraları o tabaka içinde durur. Biz o tabakayı ararken, orda burda, çoktanberi kaybolmuş çok önemli şeyler bulundu.

Konuk hanım, koltuğun altından radyo makbuzunu bulup çıkardı.

Babam,

– Bir aydır ben de o makbuzu arıyordum... dedi.

Babamın dolmakalemi, tabak rafında çıktı. Çöp kutusunda, yanlışlıkla atılmış bıçak bulundu.

Eline bişey geçiren, "Bu kimin? Bu kimin?" diye soruyordu.

Bu arada büyükbabam,

– Yahu, bu tabakayı benim altıma kim koydu? Hangi densiz koydu tabakayı altıma? diye bağırmaya başladı.

Demindenberi aradığımız tabakanın üstünde oturup duruyormuş büyükbabam.

Bir zaman söylendi. Kimsede ses yok...

İşte o günkü sıkıntım içinde odamı baştan aşağıya düzenledim. Gerçekten de herşeyim karmakarışıkmış. Artık şu "Pasaklı Kız" diye suçlanmaktan kurtulmak istiyorum. Bu arada, senin mektupların da, şurda burda dağınık duruyormuş; onları da toplayıp tarih sırasına göre bir dosyaya koydum.

Ordaki arkadaşlarımdan ençok senden mektup alıyorum. Demir'le Yaşar da birer kart göndermişlerdi. Hepsine cevap yazdım.

Mektuplarını eksik etme, e mi?

Başarı dileklerimle.

Zeynep Yalkır

Ayıp Bir Laf

Istanbul, 11 Ocak 1964

Sevgili Arkadaşım Zeynep,

Biz seni, dört ders yılı arkadaşlığımız boyunca, sınıfımızın en düzenli öğrencilerinden biri olarak tanıyoruz. Böyleyken, sana neden pasaklı dediklerine şaştım. Bizim evde benim adım da beceriksize çıkmıştır. Ama benim beceriksizliğim doğru. Hâlâ kahvaltı sofrasından, çay bardağını devirmeden kalktığım az olur; oysa öyle de dikkat ederim ki...

Annenin Metin'e sık sık, "Ağzına biber doldururum," dediğini yazmıştın. Bütün annelerin sözü bu... Annem de kardeşim Fatoş'a ikidebir böyle söyler. Fatoş daha okula gitmiyor, iki yıl sonra gidecek. Ben küçükken annem bana da, "Ağzına biber doldururum," derdi, ama hiç de böyle bişey yapmadı. Geçenlerde annem çok kızmıştı Fatoş'a. "Şimdi ağzına biber doldururum," diye bağırdı. Gerçekten ağzına biber doldurulmayı hak etmişti Fatoş. Bu olayı sana baştan anlatayım.

Babam, ağzı alışmış, her sözün başında, "Ulan!", "Ulan be...", "Vay anasını!" diye konuşur. Yani dili biraz argoya kaçar. Fatoş da, kimden ne duyarsa papağan gibi tekrarlıyor, ne görürse öyle yapıyor. Fatoş'un babamı taklit ederek peltek peltek "Ulan be...", "Vay anasını!" gibi sözler söylemesine bizim evde herkes bayılıyor. Onu çok sevimli bulanlar, "Sanki büyümüş de küçülmüş," diyorlar.

Geçenlerde bir gece bize bir komşu konuk gelmişti. Erkek, çok komik bir adam... Ne anlatsa kahkahalarla güldürüyor. Ençok gülen de Fatoş. O, söylenilenlerden bişey anlamıyor ama, herkes gülüyor diye o hepimizden çok gülüyor. İşte o gözlüklü konuk başından geçen bir olayı anlattı. Çalıştıkları yere bir Alman uzman gelmiş. Bigün uzman, Almanca demiş ki:

– Burda herkes birbirine sık sık "ulan" diyor. İnsanların birbirlerine "ulan" diye seslenmeleri dikkatimi çekti. Dilinizde ençok kullanılan kelime "ulan" olacak. Ama anlamını kime sordumsa, bana anlatamadı. "Ulan" ne demektir?

Gözlüklü komşumuz, Alman'ın sözlerinden çok utanmış. Doğrusunu söylese yabancıya karşı ayıp olacak. Onun için başka türlü söylemiş.

– Evet, demiş, bizde ulansız konuşulmaz. Köylüsü, işçisi, memuru, sık sık "ulan" der. Dilimizde "ulan", "sayın" demektir. Biz birbirimizi, yalnız adlarımızla çağırmayız, bir de adımızın önüne "ulan" getirerek çağırırız.

Bikaç gün sonra, o işyerinde genel yönetim kurulu toplantısı varmış. Kenan adındaki genel müdür de toplantıya başkanlık ediyormuş. Alman uzman o toplantıda, yönetim kurulu üyelerine açıklamalarda bulunacakmış.

Alman, toplantıdaki Türklere sevimli görünsün diye, Almanca konuşurken, yeni öğrendiği bikaç Türkçe kelimeyi de araya karıştırıyormuş. Öğrendiği Türkçe kelimeler de "merhaba", "bay", "çok güzel", bir de son öğrendiği "ulan"...

Konuşmasının en ciddi yerinde uzman birden,

– Ulan Kenan Bey... deyince, ordakiler şaşırmışlar.

Alman sık sık "Ulan Kenan Bey" diyormuş. Genel müdür kendisine ulan denilmesine kızıyormuş ama, belli etmemeye çalışıyormuş. Alman'a yanlış bişey öğretildiğini sezmiş. Alman ikidebir "Ulan Kenan Bey" dedikçe, öbür üyeler de kıs kıs gülüyorlarmış. O günden sonra genel müdürün adı "Ulan Kenan Bey" kalmış.

Gözlüklü konuğumuz bu olayı öyle de tatlı anlatıyordu ki, hepimiz kahkahadan kırılıyorduk. Ençok gülen de Fatoş'tu. Bişey anladığından değil, herkes gülüyor diye o herkesten çok gülüyordu.

Başka bir konuk da o gece,

– Biz böyle alışmışız, dedi, mesela ben "ulan"sız, "be"siz konuşamam...

Babam bu yargıyı pekiştirmek için, başından geçen buna benzer başka bir olayı anlattı. Babamın çalıştığı fabrikaya yeni getirilen makineleri kurmak için bir Amerikalı mühendis çağırmışlar. Fabrikada herkes birbirine sık sık ayıp bir laf söylermiş. Babam o gece, bu ayıp lafı da olduğu gibi söyledi. Pek öyle bilinmeyen bir laf değildi bu. Okulda da sık sık söylenir. Anlamışsındır.

Amerikalı, ustabaşı olan babama, heryerde, herkesten duyduğu bu lafın anlamını sormuş. Babam da doğrusunu söylemeye utanmış, hem de bu lafın İngilizcesini bilmiyormuş. Onun için,

– Bu söz teşekkür ederim, "tenkyu" demektir... diye atmış.

Amerikalı pek şaşmış,

– Yaaa, demiş, siz ne kadar terbiyeli insanlarmışsınız. Biz, yeryüzünün en nazik insanları diye Çinlileri bilirdik. Avrupa'nın en nazik insanları diye de İngilizleri biliriz. Onlar da durmadan birbirlerine herşey için teşekkür ederler. Ama siz, birbirinize daha çok teşekkür ediyorsunuz. Çok yer gezdim, ama hiçbir yerde sizin kadar teşekkür eden insanlar görmedim. Bundan sonra gideceğim yerlerde, sizin bu konuşma inceliğinizi anlatacağım.

Babam da, söylediği yalan olumlu bir işe yarayacak diye sevinmiş.

Bu konuşmanın ertesi günü Amerikalı mühendis fabrikaya gelmemiş. Yalnız ertesi gün değil, dört gün fabrikaya uğramamış. Oysa yapılacak çok da iş varmış, kurulacak makineler ortada dağınık duruyormuş. Fabrikadakiler telaşlanmışlar. Aramışlar, taramışlar, mühendisi ne kaldığı otelde, ne gittiği yerlerde bulabilmişler. Kaybolduğunun dördüncü günü mühendis çıkagelmiş. Gelmiş ama, eli yüzü sargılar içinde. Amerikalı'yı büyük bir trafik kazası geçirdi sanmışlar.

Amerikalı mühendis fabrikadan çıkmış, kaldığı otele gidecekmiş. Bir arabaya binmiş. İnsanlarda yeni öğrendikleri kelimeleri kullanmak merakı vardır ya, Amerikalı da parayı şoföre verirken Türkçe teşekkür etmek istemiş. Teşekkür ediyorum diye babamdan öğrendiği o ayıp lafı söyleyince, şoför de ona,

– Sensin! diye bağırmış.

Amerikalı, şoförün sertleşmesini anlayamamış, bir daha o ayıp lafı söylemiş. Söyler söylemez de burnunun üstüne yumruğu yemiş. Neye uğradığını şaşıran Amerikalı, kendisini şoföre beğendirsin diye boyuna o lafı tekrarlar, şoför de boyuna yumruğu indirirmiş. Ne yapsın, Amerikalı da kendini yumruklarıyla savunmak zorunda kalmış. Orda toplananlardan bikaçı, Amerikalı'yı şoförün elinden çekip kurtarmışlar. Amerikalı da bu iyiliği yapanlara, öğrendiği o sözle teşekkür etmiş. Bu sefer, kavgacıları ayıranlar, şoförü haklı bulup, hep birden Amerikalı'ya çullanmışlar. Amerikalı yumruk, tekme yağmuru altında kalınca, dayaktan kurtulmak için, kendisini dövenlerin gönüllerini almak istemiş, onlara Türkçe sözde teşekkür ediyormuş durmadan. Hâlâ akıllanmadı diye, daha çok dövüyorlarmış.

Polis yetişip Amerikalı'yı kurtarmış. Amerikalı da polise o ayıp lafı söyleyip teşekkür etmez mi! Herkesin içinde polise hakaret...

Polis, Amerikalı'yı yakalayıp karakola götürmüş. Komser, yabancı olduğunu öğrenince Amerikalı'yı salıverecekmiş, ama Amerikalı, anlayış gösterdiği için komsere de o lafı söyleyip teşekkür etmiş. Tabii en sonunda kurtulmuş Amerikalı. Kurtulmuş ama, karakoldan çıkınca, doğru bir hastaneye gitmek zorunda kalmış. Dört gün hastanede yatmış.

Babamın anlattığı bu gülünçlü olaya hepimiz kahkahalarla güldük.

Bigün babam, anneme ertesi akşam evimize yemeğe konuk geleceğini söyledi. Gelecek olanlar, önemli kişilermiş. Annem de çok güzel bir sofra hazırladı. Üç erkekle eşleri geldi. Sofraya oturuldu. Konuklar kardeşim Fatoş'u çok beğendiler. "Aman ne cici, ne uslu kız..." diyorlardı. Fatoş'u bu kadar terbiyeli yetiştirdiği için annemi kutladılar.

Babam,

– Efendim, dedi, anneleri çocuklarımızı hiç sokağa bırakmaz. Kendi başlarına dışarı çıkamazlar. O yüzden terbiyeleri bozulmuyor.

Annem,

– Ne de olsa, sokak çocuklarından terbiyesiz laflar öğrenebilirler. Onun için sokağa salıvermem.

Konuk kadınlardan biri,

– Çok doğru efendim, dedi, hatta okulda bile çocuklarımızın terbiyesi bozuluyor. Göz değmesin, maşallah çok terbiyeli kızınız var.

Bu övgülerden pek şişinen Fatoş şımarmıştı. Konuklara kendini daha çok beğendirmek için bütün marifetlerini göstermeye kalktı. Birdenbire babama,

– Ulan baba be!.. dedi.

Fatoş, bu sözlerine herzamanki gibi gülüneceğini sanıyordu. Gülündü gülünmesine ama, çok soğuk ve çok kısa bir sırıtış... Soğuk bir sessizlik oldu. Babam ne diyeceğini bilemedi. Fatoş, neden gülünmediğini anlayamadığı için gösterisini bir daha tekrarladı.

Sonra da gülümseyerek, bakın ben neler söylüyorum gibilerden, ordakilerin teker teker yüzlerine baktı. Babam, durumu kurtarmak için, sesini zorla yumuşatarak,

– Efendim kızım!.. dedi.

– Ulan baba be!..

Kaşları çatılan babam,

– Söyle canım, ne var? diye bağırdı.

Ama niçin gülmüyordu bu insanlar herzamanki gibi?

– Baba be yahu... Ulan baba be!...

Annem, soğuk soğuk gülümsemeye çalışıyordu. Fatoş konukları ille de güldürmek istiyordu. Hani, babamın Amerikalı mühendise öğrettiği o ayıp laf var ya, işte o lafı söyleyiverdi...

En sonunda başarmıştı. Konuklar, kendilerini tutamayıp kahkahayı bastılar. Ama babamın suratı iyice asılmıştı. Gülüşmeler karşısında çok beğenildiğini sanan Fatoş, o ayıp lafı bikaç kere tekrarlardı. Annem baktı ki sonu gelmeyecek, kaşlarını çatıp,

– Sus bakayım, şimdi ağzına biber doldururum!.. dedi.

Fatoş beğenileceği yerde, bir de üstelik herkesin içinde azarlanınca, ağlamaya başladı. Ağlama değil, zırlama... Fatoş'u bitürlü susturamıyorlardı. Annem, elinden tutup çıkardı ordan, yatağına yatırdı. Ama içerden ağlaması duyuluyordu.

Konuk kadınlardan biri annemi avutmak için,

– Üzülmeyin efendim, dedi, bizimkiler daha neler söylüyorlar. Sizinki yine iyi maşallah... Daha küçük, aklı ermez...

Babam, Fatoş'un söylediklerine pek şaşırmış görünerek,

– Kimden öğreniyor bu lafları bilmem ki!.. dedi.

Annem,

– Hiç de sokağa bırakmayız. Nerden duyar da öğrenir bu lafları!.. dedi.

Ben, onların bu soruşlarını gerçek sanıp,

– Evde konuşulurken duyup öğreniyor... dedim.

Babam birden patlar gibi,

– Ulan, bizim evde öyle laflar konuşulur mu be! diye bağırınca, konuklar gerçekten kendilerini tutamayıp güldüler.

Babam da gülmek zorunda kaldı.

Konuklar gidince, babam beni iyice haşladı.

Ben de,

– Ne bileyim, ben gerçekten soruyorsunuz sandım... dedim.

Zeynep, sözde mektubumu kısa kesmek istiyordum, bak, yine uzadı.

Yaz tatilinde Istanbul'a gelecek misiniz? Gelirsen görüşürüz. Sen hiç olmazsa Ankara'yı gördün. Ben Istanbul'dan başka yer bilmiyorum.

Esen kalman dileğiyle mektubuma son veriyorum.

Ahmet Tarbay

Yurtsever Olunuz!

Ankara, 14 Ocak 1964

Kardeşim Ahmet,

Tatilde Istanbul'a gelip gelmeyeceğimizi soruyorsun. Babam, yıllık izin alamayacak. Çünkü, burdaki yeni işine başlayalı daha bir yıl olmadı. Annemle bizi, yazın bir ay için Istanbul'a göndermek istiyor. Ama kesin değil. Çünkü annem, babam olmadan Istanbul'a gitmek istemiyor... Babamın bibaşına burda kalması zor. Gelirsek, halamların evinde kalacağız. Seni görmeye gelirim elbet.

Ben geçenlerde çok kötü bişey yaptım. Sana anlatmadan duramayacağım. Bu anlatacağım olayı yalnız Metin biliyor, çünkü o benim suç ortağımdı, bir de şimdi sen öğreneceksin.

Geçen pazar büyükbabamlara gitmiştik. Bize epiy uzak biyerde oturuyorlar. Büyükbabam yaşlı olduğundan yüksek merdiven çıkamıyor. Onun için apartmanın ikinci katında oturuyorlar. Aramışlar ama, kendilerine uygun birinci katta kiralık yer bulamamışlar. Onların dairesine onsekiz basamaklı merdivenle çıkılıyor. Basamakları saymadım. Ama büyükbabam, "Onsekiz basamağı dinlene dinlene çıktım yine," der ikidebir... Niçin basamakları anlattığımı sonra öğreneceksin. İyi ki büyükbabam daha üst katta oturmuyor. Yoksa gazeteler belki o pazar büyükbabamların apartmanında büyük bir kaza olduğunu yazacaklardı.

Ablam, arkadaşları geleceği için bizimle gelmemişti. Annem, babam, Metin, dördümüz otobüsle büyükbabama gittik. Anneannem bizim için çok güzel yemekler hazırlamış. Yemekten sonra büyükbabamla babam, herzaman yaptıkları gibi, karşılıklı koltuklara oturmuşlar, kahvelerini içiyorlardı. Öğle yemeklerinden sonra ikisinin karşılıklı konuşmaları çok hoşuma gittiği için yanlarındaydım. Salonda üçümüzden başkası yoktu. Ben sanki gazete okur gibi yaparak onları dinliyor, yan gözle de seyrediyordum.

Büyükbabam politikaya pek meraklıdır. Ne zaman babamla yalnız kalsa, hep politikadan konuşur, hele öğle yemeklerinden sonra... Büyükbabam, öğle yemeklerinden sonra kahvesini içince, daha fincan elindeyken uyuklamaya başlar. Ama uyuklamadan önce, babama bişey sormuştur politika konusunda. Babamın cevabının daha ilk cümlesinde de uyuklar. Büyükbabamın uyukladığını görünce babam susar. Ama kalkıp gitmez. Çünkü, başı göğsüne düşen, yana kaykılan yada arkaya kayan büyükbabam ya bir, ya iki dakika sonra, kendi horultusundan uyanır... Uyanır uyanmaz,

– Eeee, sonra? diye sorar.

Babam orda değilse, bunu saygısızlık sayıp çok kızar. Onun için büyükbabam uyuklarken babam ordan ayrılmaz. Kendisi bişey anlatırken uyuklamışsa, uyanınca,

– Nerde kalmıştık? diye babama sorar.

Babam, sözün neresinde kalındığını bilmek zorundadır. Bazı şaşırırsa, büyükbabam,

– Hayır, orda kalmamıştık... Ne demiştim, nerde kalmıştık? diye yine sorar.

Buyüzden tartıştıkları bile olur. Onların bu öğle yemeği sonrası konuşmaları bana pek eğlenceli gelir. Babam hoşlanmaz bu konuşmadan ama, ne yapsın, katlanır.

– Eee, sonra?

Babam kaldığı yerden anlatırken, daha ikinci cümlesinde büyükbabam yine uyuklar. Bu böyle bir saate yakın sürer. Sonra büyükbabam "şekerleme" dediği uykusunu almış olur yada başını koltuğa güzelce dayar, bir uzun uykuya dalar. Aradabir uyanırsa, sanki dinliyormuş gibi, ama gözlerini bile açmadan,

– Sen anlat, anlat... Kulağım sende, dinliyorum... der.

Çekilir gibi değil ama, babamın büyükbabama çok büyük saygısı vardır. Yedek subaylığını büyükbabamın birliğinde yapmış. Şaşılası bişey ama, büyükbabam eski bir emekli olduğu halde ona başkaları da sanki hâlâ albaymış gibi davranırlar.

O pazar günü de, öğle yemeğinden sonra salonda karşılıklı kahvelerini içiyorlardı.

Büyükbabam,

– Ne var, ne yok? Memleketin durumunu nasıl görüyorsun? dedi.

Babam bişeyler söylerken büyükbabam herzamanki gibi uyuklamaya, horlamaya başladı. Sonra, başı göğsüne çarpınca sıçrayıp birden uyandı. Sanki uyukladığını belli etmemek ister gibi,

– Peki, bu durumda sence Almanlar ne yapacak? diye sordu.

Oysa daha önce konuşmalarında Almanların sözü bile geçmiş değildi. Babam, sanki Almanlarla ilgili bir konu konuşuyorlarmış gibi söze girişti:

– Almanlar çok kalkındı efendim. Çünkü Almanlar...

Büyükbabam dalmıştı yine. Babam sustu. Gazetesini, kaldığı yerden okuyordu ki, büyükbabam kendi horultusundan sıçrayıp,

– Amerikalılar ne yapacaklar buna karşı dersin?

Ben, gazetenin arkasına siper olmuş, gülmemek için kendimi zor tutuyordum. Babam, çok ciddi, anlatıyor:

– Amerikalılar dünyaya hâkim. Amerikan ordusu...

Bu böyle sürüp gidiyor. Bazı da uyanıp, hiç akla gelmeyecek bir devlet adı söyleyince babam da şaşırıyor.

– Papa ne diyor bu işe? Sen Papa'ya bak, Papa ne diyor?

– Efendim, Papa... Bilindiği gibi Papalık, çok eski... Sonra da...

Herhalde uykusu açılmış olacak ki, konuyu değiştirip, kendisi Türkiye'nin nasıl kalkınacağını anlatmaya başladı. Türkiye'nin tarımsal ürün ihracıyla kalkınacağını söylüyordu. Epiy uzun anlattı. Biyerde kızıp,

– Salyangoz ihracıyla kalkınılmaz, salyangoz... dedi.

Biriki kez "salyangoz" diye tekrarladı, sonra sesi yavaşlayıp uyudu yine. Babam eline gazetesini alınca uyandı,

– Nerde kalmıştık? diye sordu.

– Salyangozda kalmıştık efendim.

– Ne salyangozu?

– Bizim salyangozlar... dışarı satmak için...

– Haa, evet... Salyangoz... Salyangozculukla kalkınılmaz... Biz asıl tütün, pamuk, fındık gibi şeyleri... ve tahıl... çünkü tahılcıyız, tütüncüyüz, fındıkçıyız... Fındıkçılık...

Yine başı düştü. Uyanır uyanmaz da,

– Nerde kalmıştık? diye sordu...

– Fındıkçılık üzerine konuşuyorduk...

– Evet... Fındık...

O sırada sokak kapısının zili çaldı. Koşup kapıyı açtım. Gelen iyi giyimli, yaşlıca bir beydi. Büyükbabamı sordu. Evde olduğunu söyledim. Büyükbabama haber verdim.

Kapıya gelen büyükbabam,

– Buyrun efendim, buyrun... Hangi rüzgâr sizi buralara attı böyle!.. diyerek konuğunu karşıladı.

Konuk, elindeki kordelalı büyük bir kutuyu bana verdi. Onlar salona geçti. Ben de süslü kutuyu anneanneme verdim. O zamana kadar görünmeyen Metin, birden ortaya çıkıverdi. Kutuyu açtık. Kestane şekerlemesi... Bayılırım.

Gelen adamı daha kapıda görünce tanır gibi oldum ama, kim olduğunu kesin bilemedim. Salona girip biyanda oturdum, onları dinledim. Bu adamı nerde gördüm diye düşünüp dururken, sesinden tanıdım. Şimdi söyleyince, sen de tanıyacaksın. Kim biliyor musun? Hani geçen yıl, Cumhuriyet Bayramından önce bir gazeteci gelmişti de, okulda bizlere cumhuriyeti anlatmıştı. Hatırladın mı? Bizim okulun ikinci sınıfında torunu var, onun için gelmişti okula... Çok ünlü bir gazeteciymiş. Bizim Müdür Bey, onun yanında çok saygılı duruyordu. O gün söylediği sözler bile aklımda. "Yavrularım, yurtsever olunuz. Yurdunuzu çok, çok seviniz. Yurdunuzu yakından tanıyınız. Büyüyünce Anadolu'yu köy köy dolaşınız. Yoksul yerlerde görev alınız. Bu cumhuriyet size emanettir," demişti. Sözleri hâlâ kulaklarımda çınlıyor. "Yoksul Anadolu'ya medeniyet ışığını sizler götüreceksiniz," demişti. O konuşurken öyle heyecanlanmıştım ki...

Birara kendimi tutamadım,

– Ben sizi tanıyorum efendim, geçen yıl siz bizim Istanbul'da okulumuza gelmiştiniz... dedim.

– Eveeet... Torunumun okuduğu okul.

Ağzından bal akarak konuşan adamı dinlemek için biyana çekildim. Sonra ne oldu, biliyor musun Ahmet?.. Benim için korkunç bir hayal kırıklığı... Bu adamın bir oğlu varmış, yedek subay öğretmen olmuş. Şehir çocuğu olduğu için, alışmadığı taşra hayatına dayanamazmış. Üstelik, evliymiş de... Karısı da Amerikalıymış. Genç karısını alıp Anadolu köylerine götürmesi doğru olmazmış. Önemli yerlerde bulunan tanıdıklarının yardımıyla, oğlunun Istanbul'da bir okula atanmasını sağlamış. Ama okul, evlerinden oldukça uzakça bir yerdeymiş. Arabayla bir saat sürüyormuş. Hergün evden okula gidip gelmek oğlu için çok zor olacakmış. Oysa evlerine yakın bikaç okul varmış. Bu yakın okullardan birine atanması için oğlunun, Ankara'ya gelmiş de, gelmişken büyükbabama da uğramış. Ankara'da bu işi yapabilecek birinin büyükbabamın yakın arkadaşı olduğunu öğrenmiş. Büyükbabam o arkadaşına bir söyleseymiş, bu iş olurmuş.

Adam bunları anlatırken sanki kanım kurudu. Terbiyesizlik olsun, ne olursa olsun, dayanamadım.

– Ama efendim, bakımsız, yoksul Anadolu'ya medeniyet nurunu kim götürecek? dedim.

Ya anlamadı, ya anlamazdan gelip,

– Efendim yavrum? dedi.

Babam, sesini kalınlaştırıp,

– Hadi kahveleri getir! diye beni başlarından savdı.

Kahvelerini götürüp verdim, yanlarından çıktım.

Baktım, banyoda çamaşır yıkanıyor. Kimse görmeden iki kalıp sabunu, içinde sıcak su olan badyaya attım. Sabunlar sıcak suda eriyince, koyu bir eriyik oldu. Yine kimseye görünmeden badyayı kapı dışına çıkardım. Merdiven basamaklarına bu yoğun sıvıyı güzelce sıvadım. Kendim kayıp düşmeyeyim diye, aşağıdan yukarıya doğru çıkarak basamakları sabun eriyiğine buladım. Bir de baktım, Metin yukarıda durmuş, beni seyrediyor.

– Merdiveni sen mi siliyorsun? dedi.

– Az sonra görürsün ne olacağını, ama sakın kimseye bişey söyleme!

Başka birisi gelirse, tehlikeyi haber vermek için açık kapı önünde bekliyorduk.

Konuk gidiyordu. Biz içeri girdik. Büyükbabamla babam, onu geçirmek için kapıya geldiler. El sıkıştılar.

– Allahaısmarladık efendim...

– Gülegüle beyefendi...

– Bir emirleriniz olursa beklerim efendim...

"Efendim"i tam söyleyemedi. Söz, ağzında yarım kaldı. Ayrılış için bir elini havaya kaldırmıştı, tam o sırada kaydı. Dans eder gibi, düşmemek için sıçraya sıçraya hızla kaydı.

Büyükbabamla babam, onun düştüğünü görmediler, içeri girdiler.

Büyükbabam, babama:

– Kuzum, merdivenden inerken, neydi adamın hali, dans eder gibi?

Ben hemen,

– İşini yapacaksınız diye keyfinden oynuyordu herhalde, dedim.

Adamın son durumunu görmek için, Metin'le balkona çıkıp baktık. Apartmanın sokak kapısından dışarıya iki bacak uzanmış. Özel arabası da kapıda bekliyormuş. Şoförü, arabadan fırladı. Büyük yazarı, uzandığı yerden kaldırıp koluna girerek arabaya bindirdi. Metin, kahkahadan yerlere yatıyordu. Metin'e güvenim var, kimseye söylemez. Ama iş işten geçtikten sonra beni bir korku aldı; ya adamın kafası yarıldıysa diye... Neyse, galiba ucuz atlattık.

Neden sonra salona girdim. Büyükbabam yine uyukluyor. Babam da karşısındaki koltukta gazete okuyor.

Büyükbabam uyandı,

– Nerde kalmıştık? diye sordu.

Babam,

– Hiçbir yerde kalmamıştık, dedi, bişey anlatmıyordunuz ki...

– Öyle ya, anlatmıyordum. Peki bu atom savaşı olacak mı dersin, ha?

Babam bişeyler söyledikten sonra, deminki adamın kim olduğunu sordu.

Büyükbabam,

– Bırak canım, dedi, her devirde dört ayağının üstüne düşenlerden...

Ben de söze karıştım:

– Büyükbaba, oğlu için, arkadaşınıza söyleyecek misiniz?

– İnsanın yüzü tutmuyor kızım, dedi, söz verdim, söyleyeceğim ya...

Başını koltuğun arkalığına rahatça, bir güzel dayadı, bu sefer derin uykuya daldı. Babam da salondan çıktı, ayaklarının ucuna basarak...

Geçen mektubunda, çok uzun yazdığını söylüyordun. Bak, ben seninkinden de uzun yazdım.

Sana ve bütün arkadaşlarıma selamlar eder, hepinize başarılar dilerim.

Zeynep Yalkır

Not: Anlattığım ünlü gazeteci, geçen yıl okulumuzda konuşurken öyle heyecanlanmıştım ki, kendimi tutamayıp ağlamıştım. Ama bundan sonra, bu türlü nutukları kim söylerse söylesin, bir daha ağlamam.

Z.Y.

Şiir Nasıl Okunmalı?

Istanbul, 20 Ocak 1964

Sevgili Arkadaşım Zeynep,

Mektubunda anlattığın o ünlü adamı tanımaz olur muyum hiç? Okulda bize verdiği yurtseverlik öğütlerini ben de hatırlıyorum.

Mektubunun sonuna bir not eklemişsin. "Bu türlü nutukları kim söylerse söylesin, bundan sonra ağlamam" diyorsun. Yine ağlarsın Zeynep. Elde değil ağlamamak. Bir kadın, soğan doğrarken, ne kadar ağlamamak istese, yine de ağlar. Tabii üzüntüsünden ağlamıyor, soğanın acı, göz yakan kokusundan gözlerinden yaş geliyor. Böyle adamların sesleri, bibakıma soğanın göz yaşartıcı etkisini taşıyor. Ben bunu kendimden biliyorum. Radyoda bir konuşmacı var, o adam ne zaman konuşsa, ben kendimi tutamam, hemen ağlarım. Bigün yine radyo başında kendimden geçmiş ağlıyormuşum. Babam gözlerimden akan yaşı görmüş.

– Ne söylüyor adam da ağlıyorsun Ahmet? dedi.

İşte bu soru üzerine anladım ki, ben adamın radyoda neler söylediğinin farkında bile değilim. Tek cümlesini bile anlamamışım da yine de ağlıyorum. Saçma geliyor insana, değil mi? Ama gerçek bu. Neden böyle oluyor, neden ağlıyorum diye sonra çok düşündüm. Ben adamın sözlerine, sözlerinin anlamına değil, sesine ağlıyordum. Sesinin etkisi beni ağlatıyordu. Daha doğrusu, sesinin titreşimleri, tıpkı soğanın acı, yakıcı buğusu gibi, gözyaşartıcıydı.

Soğan doğrarken gözleri yaşlı bir kadına, "Ne anladınız soğandan da ağladınız?" diye sormak neyse, sesleri dalgalanan bu adamların sözlerini dinlerken de, "Ne anladın da ağlıyorsun," demek aynı şey.

Dedem beni eskiden bir camiye götürmüştü. Namazdan sonra imam, Arapça dualar okudu. İmam okurken, dedem öyle ağladı, öyle ağladı ki... Dedem ağlayınca, ben de kendimi tutamayıp ağlamıştım. Camiden çıkıp eve giderken,

– Arapça biliyor musun da, imamın dediklerine ağladın dede? diye sormuştum.

– Ne imam Arapça biliyor, ne de ben... demişti.

– Öyleyse niye ağladın?

– Hiç ağlanmaz olur mu? İmam nasıl okuyordu, duymadın mı? Kimbilir, ne acıklı, ne güzel şeyler söylüyordur!

Dedem, imamın sesini hatırlayıp yeniden ağlamaya başlamıştı. Benim de gözlerim sulanmıştı. Oysa imam, belki de çok sevindirici bir dua okumuştu.

Ben bu olayı hiç unutamıyorum.

Bir gezgin sokak satıcısı var, akşamüzeri bizim sokaktan geçer. Mevsimine göre, bağıra bağıra zerzevat satar. Ben ne zaman o satıcının sesini duysam, hemen gözlerim dolar, yaşarır. Oysa adam, ya, "Lahana vaaar, pırasa vaaar!" diye yada, "Salata, soğaaan!" diye bağırıyordur. Hiç insan bu bağırmalara ağlar mı? Demek, ben adamın sesinin etkisinde kalıyorum.

Öğretmenimiz de bize okuma kitabımızdaki şiirleri, işte böyle bir sesle okutuyor. Hani "Yaslı gittim, şen geldim" diye bir şarkı var ya, onun nasıl söyleneceğini öğretti bize. "Gittim" kelimesiyle, "geldim" kelimelerinin son heceleri, ses titretilerek uzatılacak: "Yaslı gittiiiim, şen geldiiiim..." Sanki "şen geldim" demiyor da, kapıya, eli tutmaz, gözü görmez bir dilenci gelmiş, "Ben geldiiiim..." diye dileniyor.

Sınıfta bu şarkı söylenirken ben hep ağlamaklı oluyorum. Düşünsene, birisi sana, "Şen geldim," diyor, senin gözlerin sulanıyor.

Dersanede bu şiirin nasıl okunacağını öğretiyordu öğretmenimiz.

– Yaslı gittiiiim, şen geldiiiim... deyince, arka sıralardan bir ses duyuldu:

– Hoşgeldiiiin... Aşağı kapıya, Allah versiiin...

Öğretmenimiz,

– Kim o? Çabuk kalksın ayağa! dedi.

Arka sıradan Yaşar kalktı,

– Affedersiniz öğretmenim, dedi, kendimi tutamadım da birden...

Öğretmenimiz affetti. Sonra şiirin arkasını öğrendik:

"Bana bir yudum su ver,
Çok uzak yoldan geldim..."

"Bir yudum su ver" derken ses birden kalınlaşıp toklaşacak. Sanki su istemiyor da, eşkıya basmış canını istiyor. İşte öyle söylenecek...

İnsanın sesini iyi kullanmasının gerekli olduğuna inanıyorum. Babamın anlattığına göre, çalıştığı fabrikanın sahibi de, sesini çok etkili kullanıyormuş. Babam evimize gelen konuklara bunu sık sık anlatır. Gündeliklerini artırması için işçiler yada işçi mümessilleri, ustabaşıları, fabrika sahibine, "Geçim sıkıntısı çekiyoruz, gündeliklerimizi artırın," diye rica ederlermiş. Patron, onlara sesini titreterek, öyle yumuşacık, tatlı bir sesle bişeyler söylermiş ki, kendi sesinin etkisinden önce kendi gözleri dolarmış. Ondan sonra artık işçiler gözyaşlarını tutamazlarmış. Patron ağlar, onlar ağlarmış. Bir zaman karşılıklı ağlaştıktan sonra, ne diyeceklerini de unutan işçiler dışarı çıkarlarmış. Neden sonra kendilerine gelir gibi olunca, "Yahu, patron bize ne söyledi de biz öyle ağladık?" diye birbirlerine sorarlarmış. Ama patronun ne dediğini hiçbiri hatırlayamazmış.

Bir seferinde babam, arkadaşlarına,

– Sıkı duracağım, ne söylerse söylesin ağlamayacağım... Hem de gündeliğimi artırmadan yanından çıkmayacağım yada işten ayrılırım... demiş.

Daha içeri girip de,

– Beyefendi... der demez, patronu,

– Zor, zor kardeşim... Biliyorum, bu zamanda geçim zor. Hiç bilmez olur muyum!.. diye başlamış.

Bu sözlerde ağlayacak bişey yok ama, kâğıt üstünde yazılı olunca öyle, bir de bu sözleri sesini yerli yerinde titretmesini bilen birisi söylesin, karşısında taş olsa dayanamaz, ağlar. Ama babam, ne olursa olsun, ağlamamak için kendini tutuyormuş. Başlamışlar konuşmaya...

– Kaç kişiye bakıyorsun?..

– Beş kişi...

– Vah vah vah!..

O kadar çok ve o kadar acıklı vah vah demiş ki, babam nerdeyse kendini tutamayıp boşanacakmış. Ama dişlerini dudağına geçirip dayanmış.

– Çocukların okula gidiyor mu?

– Biri gidiyor, biri gitmiyor...

– Çok yazık!.. Demek birini gönderemiyorsun...

– Ufak da ondan, büyüyünce göndereceğim.

– Karına üç yılda bir manto da yaptıramazsın...

Babam,

– Yaptırıyorum... demiş.

– Karın hasta da üstelik, değil mi?

– Yoo, hasta değil!..

– Değil ama kardeşim, olabilir. O zaman ne olacak? Vah vah vah... Kim bakacak zavallıya? Doktor ister, ilaç ister... Bunların hepsi para... Nasıl ameliyat ettireceksin?

– Kimi?

– Çocuğunu...

– Ne ameliyatı beyefendi? Öyle bişey yok...

– Yok ama, mesela... Gerekse...

Babam yine de dayanacakmış ama, patron ağlamaya başlayınca babam da gevşemiş,

– Aman beyefendi, ağlamayın, ne olur... Biz nasıl olsa oluruz, bir kolayına bakarız... Allahaşkına ağlamayın... demiş ki ona bakıp kendisi de ağlamasın...

Babam bu olayı anlatırken hep şöyle der:

– O zamana kadar patronla neler konuştuklarımızın farkındayım. Ama ondan sonra sözün gidişini kaybettim. Patron acıklı sesle bişeyler anlatıyor, ikimiz karşılıklı ağlaşıyorduk. Derken nasıl olduysa, kendi kendime, "Toparlanayım

da, bakalım şu adam neler anlatıyor, bir dinleyeyim," dedim. Bir de dikkat ettim, ne anlatsa iyi? Hazreti Hasan ile Hazreti Hüseyin'in Kerbela'da nasıl şehit edildiklerini anlatmıyor mu? Nasıl edip lafı Hasan-Hüseyin'e getirdi, hiç anlayamadım.

Babam, ağlaya ağlaya patronun yanından çıkmış.

Onun için Zeynep, o türlü sesleri duyunca ağlamamak elde değil. O ünlü gazeteci yine gelse okula da, yine öyle konuşsa, biz yine ağlarız.

İyilik, esenlik diler, mektuplarını beklerim.

Ahmet Tarbay

Okul-Aile İkiliği

Ankara, 24 Ocak 1964

Kardeşim Ahmet,

20 Ocak tarihli mektubunu az önce aldım. Dün aşı olduğumuz için bugün okul yok. Mektubunu odamda okurken, farkında olmadan, sesli sesli gülmüşüm. Annem, dışardan duymuş.

– Kendi kendine ne gülüp duruyorsun? diye seslendi.

Ben de senin mektubuna güldüğümü söyledim.

Odama geldi,

– Neler yazmış? dedi.

Mektubunu bir de anneme okudum. O da kahkahalarla güldü.

Ben de sana çoktandır, Okul-Aile Birliği toplantımızı yazmak istiyordum. Bugün vaktim var, rahat yazabilirim. Aşı, biraz ateş yaptı ama, önemli değil.

Geçenlerde okulumuzda Okul-Aile Birliği toplantısı vardı. Her ay oluyor bu toplantı. Beşinci sınıftan üç kız, iki oğlan, beş öğrenciyi, toplantıya gelecek anababaları ağırlamakla görevlendirdiler. Ben de görevlilerden biriydim. Toplantıda konuşulanları başından sonuna kadar dinledim. Pek eğlenceli olduğu için, sana da anlatmak istiyorum.

Aslında biz konuşulanları dinlemeyecektik. Anababalar salonda yerlerini aldıktan sonra, bizi dışarı çıkardılar. Koridorda, kapı arkasında duruyorduk. Toplantının sonunda, çay, limonata, bisküvi dağıtacaktık. Ama salon çok kalabalıktı, çok da sıcaktı. İçerde bunaldılar. Biraz hava gelsin diye, kapının iki kanadını da ardına kadar açtılar. Biz de kapı dışında durup, içerde konuşulanları iyice dinledik. Önce Müdür Bey konuştu. İlkin yumuşak konuşurken sesi gittikçe sertleşti. Anababaların çocuklarıyla ilgilenmediklerini yada çokaz ilgilendiklerini, herşeyi okuldan beklediklerini söyledi. Oysa asıl okulun evde başladığını, anababaların çocuklarının ödevlerini denetlemeleri gerektiğini, öğrencilerin durumlarını okula gelip öğretmenlerden sorup öğrenmeleri gerektiğini anlattı.

Anababalar, Müdür Beyi onaylıyorlardı. Buyüzden mırıltılar oldu.

Müdür Bey, öğrencilerle pekçok ilgilendiğini söyledikten sonra,

– Lisenin birinci sınıfında bir oğlum var, dedi, burdaki işlerimden vakit bulup da, ders yılı başındanberi bir kere bile oğlumun okuluna gidemedim, durumunu öğretmenlerine

soramadım. Çocuğumun okulundan kaç kez mektup yazıp çağırdılar, gelin görüşelim, diye... Ama gidemedim.

Anababaların, çocuklarının okul durumuyla ilgilenmediklerinden, okula gelmediklerinden biraz daha yakındı. Müdür Beyin konuşmasından sonra, Okul-Aile Birliği Başkanı olan bir hanım, anababaların dileklerini bildirmelerini rica etti. Bir baba söz aldı. Çocuğuna Türkçeden zayıf verilişini hiç de doğru bulmadığını anlattı.

– Nasıl olur efendim, diyordu, benim çocuğuma nasıl Türkçe dersinden zayıf verilir?

O çocuğun öğretmeni, niçin zayıf verilemeyeceğini sordu. Adam, bir acayip konuşuyordu. Sözlerinin başı sonunu tutmuyor, şimdiki zamanla başladığı cümleyi, geçmiş zamanla sürdürüyor, gelecek zamanla da bitiriyordu.

– Verilemez efendim, dedi, çünkü, Fransızca olmuşsa, o zaman anlayacağımdır ki, zayıf neden verdiniz. Belki olmuş haklı. Fakat vereceksiniz zayıf Türkçe dersinden almış olamaz. Haksızlık olacakmıştır... Sonra benim çocuk olsaymış eğer başka bir milletten, bilmez o zaman Türkçe, olacak zayıf, tamam... Şimdi almıyor. Bu çocuk ki benimdir, bir Türk çocuğu olmuştur, demek biliyor Türkçe... Nasıl bilmeyecekmiş, anadili Türkçeyse? Demeyeceğim, versinlermiş pekiyi... Ama her Türk çocuğu alacaktır lazım, Türkçeden enaz orta... Benim çocuk konuşur Türkçe, ben anlamışım onu, annesi anladı, arkadaşları anlamış, herkes anlıyor, öyleyse anlamalıdır öğretmeni de... Enaz alsınlar orta lazım...

Çocuğun öğretmeni,

– Affedersiniz, ne dediğinizi anlayamadım, dedi, Türk çocuğu olduğu için, anadili de Türkçedir diye, enazından orta mı verilmeli, demek istiyorsunuz?

– Evet, isteyeceğim ki öyle demişim... Herkes anlıyor ne demiştir benim çocuk, anlasın öğretmen de...

– Siz çocuğunuzun ne dediğini anlıyorsunuz yani.

– Elbet...

– Çocuğunuz da sizin dediğinizi anlayabiliyor mu?

– Anlamış lazım olması...

Salondan küçümseyici mırıldanmalar duyuldu. Müdür Bey araya girerek, konuşmasıyla o adamı yatıştırdı.

Başka bir baba konuştu. O da kendisine çocuğunun, derslerinden bazı şeyler sorduğunu, bu soruların hiçbirinin cevabını bilmediğini söyledi.

– Ben nasıl bilmem efendim? diyordu. Nasıl bilmem? Söyler misiniz, nasıl bilmem?

Adamın neden sinirlendiği önce anlaşılamadı. Ama,

– Benim bilmediğim şey çocuğuma nasıl öğretilir? deyince, ne demek istediği anlaşıldı.

Ders programının ağırlığından yakınıyordu:

– Ben liseyi bitirdim. Böyleyken, ilkokula giden çocuğumun sorduğu şeyi bilmezsem, doğru olur mu? Küçük yavrularımız, bu kadar ağır ders programını kaldıramazlar.

Bu baya bir anne cevap verdi. Ama o tam tersine çocuklara çokaz şey öğretildiğini söylüyor, az bilgi verilmesinden yakınıyordu.

– Çocuğuma ne sorsam bilmiyor. Bizim zamanımızda ders programları daha doluydu. Mesela benim kızım, bigün lokantada dişlerini kürdanla karıştıran birini görünce, "Bu adam geviş mi getiriyor?" diye sordu. Rica ederim, dördüncü sınıfta bir çocuk, insanların işkembeli olmadığını, geviş getirmediğini bilmelidir.

Müdür Bey o kadını da yatıştırdı. Ders programlarının okulda değil, Eğitim Bakanlığında düzenlendiğini, bu işin bakanlığı ilgilendirdiğini anlattı.

Ama kadın kolay kolay yatışmıyordu.

– Biz herşeyi hükümetten bekliyoruz, dedi, insanlarda işkembe olmadığını öğretmek herhalde hükümetin, koskoca bakanlığın işi olmasa gerek...

Bana, ordakiler, sanki komiklik olsun diye böyle konuşuyorlarmış gibi geldi. Oysa konuşurlarken yüzleri çok ciddiydi.

Bizim sınıfta Murat adında bir arkadaşımız var. Öğretmen ona ne zaman,

– Kalk! dese, öğretmene sorar:

– Kim?

– Sen.

– Ben mi efendim?

– Sen, sen oğlum, sana söylüyorum...

– Bana mı efendim?

Öğretmen adını söylese, ikisi karşı karşıya olsalar, Murat yine böyledir. Sonunda öğretmen çileden çıkar,

– Senden başka kimse var mı karşımda Murat, sana söylüyorum işte! diye bağırır.

Böyle durumlarda bile Murat'ın sanki arkasında başka birisine söyleniyormuş gibi, dönüp arkasındaki duvara baktığı bile olur. Bir seferinde de, dönüp arkasındaki duvara bakmıştı da öyle gülmüştük ki...

Toplantıdakilerden bir adam ayağa kalktı. Sonradan, bu adamın Murat'ın babası olduğunu öğrendik.

– Müsaade ederseniz, ben de konuşmak istiyorum... dedi.

Okul-Aile Birliği Başkanı olan hanım,

– Buyrun efendim... Sizi dinliyoruz... dedi.

Bunun üzerine adam,

– Ben mi? diye sordu.

Başkan,

– Siz konuşmak istememiş miydiniz? dedi.

– Kim?

– Siz...

– Ben mi?

– Evet, buyrun, konuşun efendim...

Adam, tıpkı Murat gibi, elini göğsüne götürüp, bir daha sordu:

– Ben?

Salondakilerden biri, "Yok, ben..." diye bağırınca gülüşmeler oldu.

Murat'ın babası konuştu. Okulda çocuklara ayaktopu oynatılmamasını istiyordu. Oğlunun, top oynamaktan derslerine çalışamadığını söylüyordu.

Müdür Bey,

– Çocuğunuz kaçıncı sınıfta? diye sordu.

Adam da ona,

– Benim mi? diye sordu.

– Evet... Sizin çocuğunuz?

Adam düşündü, düşündü,

– Bu okulda okuyor, dedi.

– Numarası kaç?

– Kimin?

Yine salondan "Ayakkabı numaranız?" diye bir ses yükseldi. Yine gülüşmeler oldu.

Adam, oğlunun numarasını da bilmiyordu. Adını, soyadını söyleyince, Murat'ın babası olduğunu anladık.

Başka bir adam konuşmaya başladı. Ama öyle uzun uzun anlatıyordu ki, ne dediğini anlamak çok zordu.

– Türkiye ancak arıcılıkla kalkınabilir... diye söze başladı. Arıcılıkla bu toplantının ilişkisini anlayamadığımız için, biz dışarda gülmemek için kendimizi zor tuttuk.

Adam, arıcılık üstüne pekçok kitap okuduğunu söyledikten sonra, arıları anlatmaya başladı. Söyledikleri, herkesin bildiği gerçeklerdi:

– Arı, bir küçücük hayvandır ve kanatlıdır, uçar... Bal yapar. Bal, insana çok yararlıdır, çok değerlidir. Kahvaltıda yenildiği gibi, yemeklerden sonra da yenilir. Ayrıca şerbeti de yapılır. İki türlü bal olur...

Ballandıra ballandıra balı anlattıktan sonra, arı konusuna geçti:

– Bir eşek arısı vardır, bir de balarısı...

Salondakilerden "off", "puff" diye sıkıntı sesleri geliyordu.

En sonunda Müdür Bey,

– Arı ne olacak beyfendi? dedi.

– Arı mı? Bal alınacak arıdan...

– Bal ne olacak?

– Baldan ne olmaz ki? Herşey olur...

– Yani biz ne yapacağız okulda?

Adam,

– Müsaade buyurun, ben de onu anlatacağım, dedi. Demin, bir bey haklı

olarak, yavrularımıza hayatta yararlı bilgiler verilmeli, buyurmuştu. Pek doğru... Mesela benim çocuğum, bir üçgenin üç açısının toplamının yüzseksen derece olduğunu biliyor da, arı nasıl yetiştirilir bilmiyor. Bir üçgenin üç açısı toplamı, yüzseksen derece olmuş, üçyüz derece olmuş, beşbin derece olmuş, bundan ne çıkar. Çok rica ederim, lütfen söyler misiniz, bu yaşa geldik; hangimize hayatta bir üçgenin üç açısının kaç derece olduğu soruldu? Yavrularımızın körpe beyinleri kıvır zıvırla doldurulmasın. Onlara işe yarar bilgiler, mesela arıcılık öğretilsin... Okulda arı kovanları olmalı. Türkiye ancak arıcılıkla kalkınabilir. Çünkü arı, koyuna, ineğe benzemez. İnek süt verir ama, ot ister, saman ister. Arı hiçbişey istemez, istemeden bal verir.

Başka biri kalktı,

– Çok haklısınız ama, dedi, şehir içinde arı yetişmez. Baksanıza, bacalardan çıkan dumanlardan insanlar bile zor yaşıyor, arı nasıl yaşar? Sonra arı, yaşadığı yere göre ürün verir. Şehir içinde arı yetiştirilebilse bile, ondan bal çıkmaz, zift çıkar, katran çıkar beyefendi...

Salondakiler, sesli sesli bu adamı doğruluyorlardı ki, adam,

– Benim başka bir teklifim var, dedi, arı değil ama, tavuk yetiştirmeli. Tavuk deyip geçmeyiniz. Çocuklarımız tavukçuluk öğrenseler...

Müdür Bey, adamın sözünü kesip,

– Efendim, az önce söyledim, dedi, biz kendiliğimizden okulda arıcılık, tavukçuluk, inekçilik yapamayız. Ders programlarını Eğitim Bakanlığı düzenler. Burası ilkokul, tarım okulu değil...

Süslü bir hanım kalktı,

– Galiba, dedi, konuyu çok dağıttık. Okul-Aile Birliğimizin bir üyesi olarak, başka bir teklifim var. Okulumuzdaki yardıma muhtaç yoksul çocuklar için ne düşünülüyor? Bir piyango mu düzenleyeceğiz, yoksa geçen yılki gibi yine balo mu vereceğiz?

Uzun tartışmalardan sonra, mevsimi olduğu için balo verilmesi uygun görüldü. Sonra salondaki anababalardan yardım paraları toplanmaya başlandı.

Anababalar, öğretmenlerin çevresini aldılar, çocuklarının ders durumlarını öğreniyorlar. Biz de salona girip, limonata, çay, bisküvi dağıtmaya başladık.

Doğrusu o gün çok eğlendik. Okul-Aile Birliğinin bütün toplantılarında bulunabilsem, ne iyi olacak. Sizin okulda da Okul-Aile Birliği toplantısı olursa, bir kolayını bul, dinle konuşulanları.

Annem de bu toplantıdaydı. Eve dönünce,

– Neden konuşmadın anne? dedim.

– Aman, bana fırsat mı kaldı? Saçma sapan konuştular... dedi.

– Söylemek istediğin bişey mi vardı? dedim.

– Benim ağzım dilim yok mu? Elbet benim de ağzım onlar kadar laf yapar, ben de bişeyler söylerdim... Ama fırsat vermediler ki, dedi.

İşte, seninkinden daha uzun bir mektup yazdım.

Mine'ye söyle, mektubuma hâlâ cevap vermedi. Başarı dileklerimle.

Zeynep Yalkır

Şimdiki Çocuklar Harika

Istanbul, 30 Ocak 1964

Zeynep,

Mektubunu okurken, okulunuzdaki Okul-Aile Birliği toplantısı, bir film seyrediyormuşum gibi gözümün önünde canlandı. Bizim okuldaki Okul-Aile Birliği toplantısına babam hiç gidemez, vakti yok. Fabrikadan her akşam eve yorgun geliyor. Bazı günler de fazla mesai yaptığından gece geç dönüyor eve. Bir pazar günleri evde. Evin bütün yükü annemin üstünde olduğundan o da toplantılara gidemez.

Sana bir haber vereyim: Bizim harika birinci oldu.

Ne dediğimi anlamadın elbet. Bizim harika kim, biliyor musun? Kardeşim Fatoş... Geçen pazar altı harika yarışmaya girdi. Daha doğrusu, altı harikayı tokuşturdular. Bana kalırsa, bizim harika birinciliği aldı.

Benim iki amcam var; birinin iki, öbürünün de bir harikası var. Onlar bizdeydi. Babamla aynı fabrikada çalışan bir mühendisle bir komşumuz da bize gelmişti. Onların birer harikası var. Evde altı harika toplandı.

Büyük amcamın bir huyu var, kimi görse, boyuna çocuklarını över. Dediğine göre, iki çocuğu da harikadır. Bize her gelişinde, iki harikasının yeni yeni marifetlerini anlatır.

– Geçen gün bizim küçük, ne yaptı biliyor musunuz? Vallahi, inanılır şey değil!.. diye başlar.

Akşam iş dönüşü kapıdan girince, çocuk koşup terliklerini getirmiştir yada bu türlü bişey yapmıştır. Artık amcam anlatır da anlatır:

– O yaşta çocuk, nasıl akıl ediyor, şaştım kaldım. Terliğimi getiriyor efendim, terliğimi... Şu zekâya bakın! Harika bir çocuk oldu çıktı.

Büyük amcamın, terlik getiriyor diye şaşıp kaldığı çocuk kaç yaşında, biliyor musun? Fatoş'tan bir yaş büyük, koca çocuk...

Amcam herzamanki gibi harikasını göklere çıkarınca, mühendis de altta kalmadı:

– Şimdiki çocukların hepsi öyle... Benim kız daha yedisini bitirmedi, çatır çatır Fransızca konuşuyor.

– Ne diyorsunuz!.. Harika!..

– Evet, harika!.. Fransızcayı iyice söktü.

Büyük amcam hiç geri kalır mı, o da başladı:

– Benim küçük, maşallah, büyüğünden de harika. Büyük oğlan da harikadır ya... İkisi birbirinden baskın. Bir akşam eve geldim. Annesi, "Koca oğlan oldu, artık ben baş edemiyorum, dinlemiyor beni. Sokakta top oynuyor. Gel diyorum, gelmiyor. Şunu sok içeri!" dedi. Çıktım sokağa aramaya. Baktım, kan ter içinde kalmış, topun ardından koşup duruyor. Gel derim, gelmez. Yakalamak için koştum arkasından, ama benden hızlı koşuyor, yetişemem. Bacak kadar ama, öyle bir koşuyor ki, vallahi harika...

Komşumuz,

– Benim kız da öyle, maşallah bir harika... derken, büyük amcam yakaladığı fırsatı kaçırmak istemediğinden "lafınızı balla kestim" diyerek, harikasını övmeye devam etti:

– Sonra efendim... Bendeniz koşarım, o kaçar... Bitürlü yakalayamıyorum. Sonra efendim, "Gel içeri, sonra fena yaparım!" diye arkasından seslendim. Sözde korkutacağım.

Döndü arkasına da, bana ne dese beğenirsiniz? "Sen bana ne karışıyorsun, sen benim annem misin?" demez mi! Şu akla, şu mantığa bakın siz!.. Beni aldı bir gülme... Yani ne kuvvetli mantık beyim!.. Büyük bir insan düşünse, bu lafı bulamaz...

Büyük amcam hem anlatıyor, biyandan da oğluna bakarak, keyifli keyifli gülüyordu. Öyle gülüyordu ki, karşısındakiler de, nezaket olsun diye gülmek zorunda kalıyorlardı.

Mühendis, amcama,

– Maşallah... Sizinki de pek zekiymiş canım!.. dedi.

Amcam,

– Yaaa, dedi, bizim evdeki işbölümünü bile biliyor bacaksız...

Yeğenimdir, çok severim. Benden bibuçuk yaş küçük... Bana kalsa, yaptığı düpedüz terbiyesizlik.

Az önce lafı yarıda kesilen komşumuz,

– Benim kız da şimdiden ressam, dedi. Yaptığı resimleri görseniz bayılırsınız. Görenler parmak ısırıyor. Vallahi harika...

Annesi,

– Göz dokunacak diye korkuyorum, dedi.

Küçük amcam da,

– Şimdiki zamanın çocukları da hep harika oluyor her ne hikmetse!.. diye başlayıp, kendi oğlunun çok güzel şarkı söylediğini anlatmaya girişti.

Babam, onlardan aşağı kalacak değil ya...

– Bizim Fatoş da balerin olacak, dedi, şimdiden öyle bir, tvist midir nedir, ondan, öyle bir oynuyor ki, şaşılacak bişey!..

Annem,

– Ben kızımı dansöz yapmam! dedi.

Babam,

– Sen anlamazsın hanım, dedi, dansöz başka, balerin başka... Bizimki balerin olacak...

– Her ne olacaksa, onun bunun önünde soyunup oynamayacak mı? İstemem!..

Bu konuşmalar bana nasıl geliyor, biliyor musun? Sanki birisi de çıkıp şöyle diyecek: "Yavrum daha yirmi yaşına yeni bastı. Geçen gün annesinin memesini emerken, birden kalın bir sesle, baba artık beni evlendirin, diye konuşmaya başlamaz mı!.. Şaştım, kaldım. O yaşta çocuk konuşuyor canım! Şimdiki çocuklar da harika oluyor."

Bigün bir komşu kadın, anneme, çocuğunun bibuçuk yaşında yürümeye başladığını, buna pek şaştığını söyleyince, içimden, "Bibuçuk yaşında çocuk yürümez de ne yapar, yoksa uçacak mıydı?" diye geçirmiştim.

Çocuk, ne yapsa harika oluyor. Konuşsa harika... Çocuk bu, konuşur elbet, havlayacak değil ya... Biraz sonra evin içi, harika çocukların gürültüsünden tımarhaneye döndü.

Mühendisin, ortaokulun ikinci sınıfına giden Tarık adında bir oğlu var.

Babası,

– Tarık da küçükken bir harika çocuktu ama, nedense sonradan biraz azaldı harikalığı... dedi.

Küçük amcam,

– Ne gibi harikalığı vardı? diye sordu.

O anlatırken, ben çocuğu inceliyordum; dayak salağı olmuş koca bir oğlan.

Annesi kapıdan,

– Tarııık!.. diye üç kez seslendi, dördüncü seslenişinde oğlan pencereyi açıp, sokağa,

– Haa? Ne var? diye bağırmaz mı!

Anababalar, harikaların yarışması başlasın diye sabırsızlanıyordu.

Büyük amcam dayanamadı, beş yaşındaki kızına,

– Hadi, bir şarkı söyle de, dinlesin teyzeler, amcalar... dedi.

Kız, sağa sola sallanıp kırıtarak nazlandı:

– I-ıh...

– Hadi kızım, hadi canım...

– Söylemem...

Yengem,

– Bizim çocukların müziğe istidatları var, dedi, ikisi de piyano çalar. Burda piyano olsaydı, oğlum size darbuka çalardı.

Amcam hemen düzeltti:

– Darbuka değil hanım, darbuka değil!.. Mazurka...

– Darbuka, zarbuka, herneyse işte, ondan çalardı... Benim de eskiden çalgıya çok merakım vardı, oğlan bana çekmiş.

Şarkı söylemesi için, küçük kıza yeniden üstelemeye başladılar.

– Bak, ama sonra sana cicilerini giydirmem...

– Giydirmezsen giydirmeee...

Kız kırıttıkça kırıtıyordu.

Amcam,

– Şarkı söylersen, sana çukulata veririm, deyince, kız,

– Hangisini söyleyeyim? diye sordu.

– "Arabaya taş koydum imanım"ı söyle...

Amcam, kahve tepsisini tef gibi çalarak tempo tutmaya başladı. Yengem de parmaklarını şaklatıyordu. Çocuğun sesi vızıldamaya başladı. Kızın sesi kesilince yengem yardımına koşuyor, o da şarkıya katılıyordu. Yengemin bağırmasından kızın sesi hiç duyulmaz oldu.

"Beyoğlu'nun kızları, imanım...
Beyoğlu'nun kızları
İşmar eder, göz süzer, imanım..."

Şarkı bitince yeğenim alkışlandı.

Yengem, mühendisin hanımına,

– Soğuk aldı da teyzesi, dedi, bugün sesi biraz kısık...

–Aman efendim, çok güzel sesi var... Allah nazardan saklasın!..

Küçük amcam da oğluna,

–Hadi, sen de bir şiir oku, dinleyelim... dedi.

Oğlan, duvar dibine büzüldü.

–Hadisene oğlum, hadi yavrum...

Zorladıkça zorladılar. Sonunda amcamın kaşları çatıldı,

–Okusana piçkurusu! diye bağırdı.

Yeğenim ağlamaya başladı. Zavallının salyası sümüğüne, sümüğü gözyaşına karıştı. Ağlayarak, içini çeke çeke, şiiri okumaya başladı. Daha doğrusu amcam, yengem, yeğenim, üçü birlikte okudular.

Yeğenim, bir kelime söyleyip unuttuğu için duruyor, arkadan amcam, sonra yengem öbür kelimeleri söylüyorlardı.

Yeğenim – "Kedim... kedim... kedim..."

Amcam – Eee? Sonra oğlum?

Yeğenim – "Kedim... kedim..."

Yengem – Ne oldu bugün sana oğlum? Bir tutukluğu var çocuğun.

Yeğenim – "Kedim... kedim... kedim..."

Amcam (Kızgın) – Kaç tane kedin var ulan?

Herkes gülüştü.

Yengem – Çocuğu büsbütün şaşırtma! Zaten bağıra bağıra aptala çevirdin oğlanı!..

Yeğenim – "Kedim..."

Amcam – "Daha..."

Yeğenim – "Daha süt emer... süt emer... süt emer..."

Yengem – "Miyav..."

Yeğenim – "Miyav..."

Amcam – "Der..."

Yeğenim – "Der..."

Yengem – "Yine..."

Yeğenim – "Yine ne ister... ne ister..."

Amcam – "Benekli..."

Yeğenim – "Benekli kedim...", "Ekmek yutamaz", "Sıçan... sıçan... sıçan..."

Amcam – Sıçandan sonra?

Yeğenim – "Sıçan tutamaz."

Yengem – Aferin!..

Yeğenim – "Ne de yaramaz", "benekli kedim..."

Yeğenim de kurtulmuştu, biz de... Ama amcam, memnun olmadığı için, yeğenime,

– Eşek! diye bağırdı.

Yengem,

– Yabancıları yadırgadı çocuk... dedi.

Mühendisin hanımı da,

– Kalabalıktan utandı yavrucak... dedi.

Biz onu alkışlarken yeğenim de kolunun yeniyle gözyaşlarını silerek odadan çıktı.

Komşumuz, harika ressam olan kızına,

– Resimlerini getirdin mi? Getirdinse göster amcalara... dedi.

Kız, başını yukarı kaldırdı:

– I-ıh...

Annesi,

– Burada boya varsa, şimdi yapar... dedi.

Babam, bana,

– Ver oğlum boyalarını! dedi.

Nasıl canım sıkıldı, anlatamam... Vermesem, olmaz. Babamın yılbaşında aldığı boya takımını verdim. Çocuk, masaya kuruldu. Önündeki kâğıdı boyamaya başladı. Sıkıntımdan, görmemek için yanından uzaklaştım. Harikanın biri resim yapadursun, mühendis de su gibi Fransızca konuşan kızını çağırdı. Mühendis Fransızca bişey söyledi.

Kız,

– Vıy... dedi.

Mühendis yine bişey söyledi.

Kız yine,

– Vıy... dedi.

Babası söyledikçe, kız da boyuna "Vıy" diyor.

Bir seferinde kız yine,

– Vıy... deyince, babası,

– Amma da vıy, dedi. Vıy mı ya?

Kız,

– No mu? dedi. No dersine mi geldik?

– No ya, no diyeceksin. Sıra şimdi no'da.

Ondan sonra kız, babası ne dese, "No" demeye başladı. Bütün dikkatimle, mühendisin ne dediğini aklımda tutmaya çalışıyordum. Çünkü, bu olayı sana yazmaya kararlıydım. Ama söylediklerinden pekazını anlayabildim. Bunları da daha önce, liseye giden bir ağabeyden duymuştum.

Mühendis,

– Ferme la port... dedi.

Bu söz üzerine kız,

– Vıy... deyip gitti, annesini öptü.

Babası,

– "Ferme la port" deyince, anne öpülmez, dedi, "Beze la mer" dersem o zaman anneni öpeceksin.

Annesi,

– Çocuğu şaşırtıyorsun... dedi.

Kız sordu:

– "Ferme la port..." deyince ne yapacaktım?

Annesi,

– Pencereyi açacaksın... dedi.

Mühendis, karısının yanlışını düzeltti:

– Sen sus canım... Senin dediğin "Uvre la fönetr". "Ferme la port", kapıyı kapa demek.

Kadın,

– Hiç de değil işte, dedi, bize okulda öyle öğretmişlerdi.

Mühendisle karısı, "kapıyı kapa", "pencereyi aç" diye tartışmaya giriştiler.

Kadın en sonunda,

– Yalnız sen mi Fransızca okudun, ben de okulda Fransızca okudum. Kime istersen git sor, "ferme la port", "pencereyi aç" demektir.

– Ben yalnız okulda Fransızca okumadım, Fransa'da da bulundum...

– Ayol, birlikteydik ya... Hatta, bir mağazadaki satıcı kızdan benim için sutyen isteyecektin, bitürlü söyleyememiştin de, işaretle anlatmıştın. Kız da yanlış anlamış, bana sutyen yerine, sana avcı çantası getirmişti...

Mühendis kaşlarını çatıp,

– Hanım, hanım! dedi. Sen Fransa'yı, Almanya'yı hep birbirine karıştırdın. O senin dediğin Almanya'da olmuştu. Ben Fransızca konuşurken, Fransızların bile ağzı açık kalır...

Karıkoca arasındaki bu tartışmayı kesmek için komşumuz, masada resim yapan küçük kızına,

– Yaptın mı kızım? diye sordu.

Kız,

– Yaptım... dedi.

Annesi bir çığlık attı:

– İşte tam yapmış... Eyvaaah! Daha yeni giydirmiştim, entarisini berbat etmiş...

Harika ressam, boyalara dalıp çıkmış, palyaçoya dönmüştü.

Mühendis, resme bakıp,

– Maşallah, dedi, çok güzel yapmışsın kızım.

Harika çocukları ençok öven babamdı. Sıra, bizim Fatoş'un marifetine geldiği için, öbürleri de Fatoş'u övsünler diye böyle yapıyordu.

Babam,

– Benim kızım balerin olacak, dedi. Hadi kızım bir tvist yap da görsün amcalar.

Fatoş, köşeye sıkışmış, kımıldamıyordu.

– Hadi benim kızım...

Başı eğik duran Fatoş'u coşturmak için babam kendisi tviste başladı. Arkadan mühendis, mühendisin karısı da tviste başladılar. El çırpıp,

– Hadi, sen de kızım... diyorlardı.

Suçlu suçlu, büzülmüş duran Fatoş'u annem itince, kızın neden hiç kımıldamadığı anlaşıldı.

Annem,

– Aaaa! diye bağırdı, ayol o yapacağını yapmış!

Fatoş'u yıkamak için kucağına alıp dışarı çıkardı.

Babam,

– Hiç böyle şey yapmazdı ama, nasıl yaptı bilmem ki... dedi.

Mühendisin karısı,

– Çocuktur efendim, yapar, hepsi yapar... dedi.

– Sıkıldı da ondan herhalde...

İşte bizim harikalar yarışması böyle oldu. Bana sorarsan, harikalar yarışmasında kardeşim Fatoş birinciliği almış sayılır.

Konuklar gitmişti. Akşam babama,

– Bir kitapta okuyup defterime yazmışım baba, bak ne doğru değil mi? dedikten sonra, gerçekten bir kitaptan defterime aktardığım satırları okudum:

"Eşeğin konuşması, insanın yük taşıması normal değildir. Ama bazı insanlar, eşeğin konuşmasına had hayranlık duyarlar. Oysa eşeğin yük taşıması, insanın da konuşması doğru olandır."

Babam,

– Yani ne demek bu? dedi.

– Yani, dedim, çocuk çocuk olursa normaldir, büyük olursa değil...

Babam,

– Saçmalama! dedi.

Bizim harikalar yarışması da, sizin okul-aile toplantısından daha az eğlenceli geçmedi.

Haberlerini bekler, iyi günler dilerim kardeşim.

Ahmet Tarbay

Canım, Cicim!

Ankara, 3 Şubat 1964

Ahmet,

30 Ocak tarihli mektubun için çok teşekkür ederim. Mektubun, okulların şubat tatiline girdiği gün gelmişti. Okurken öyle güldüm ki, gözlerimden yaş geldi.

Bizim evde, önce ablama harika çocuk diye bakmışlar. Ama harikalığın ablamdan çok uzak olduğunu görünce de, bizimkilerde, ailemizde harika çocuk çıkacağı umudu kalmamış. Nedense, benim ve Metin için böyle bir umuda kapılmamışlar.

Ablamın harika çocuk sanıldığı günleri hatırlıyorum. Ben, o zaman daha okula bile gitmiyordum. Akşamları işinden dönünce babam, ona Fransızca öğretmeye uğraşırdı. Bir Fransızca şiiri ablam haftalarca ezberleyememişti. Yanlarında oturup hep onları dinlediğim için, o şiiri kendiliğimden ezberleyivermiştim. Aradan yıllar geçti, şiir hâlâ ezberimdedir:

"Lö berjer e son şiyen
Jem mon şiyen ön bon gardiyen
Ki manj pö, travay biyen."

Ablamı bilmem ama, duya duya aklımda kalmış. Babam, bu Fransızca şiiri ablama ezberletmek için o kadar çok tekrarlamıştı ki, yalnız ben değil, annem de, hatta hizmetçi de ezberlemişti. Ablam bu şiiri, sanki Çince bişeyler uyduruyormuş gibi, şıngır mıngır bir sesle okuyordu: "Şiyen min biyen mon tiyen" gibi bişeyler söylerdi.

Bigün, babamın Avrupa'da okumuş bir pedagog arkadaşı demiş ki:

– Yabancı dil öğrenmek ayrı bir kabiliyettir. İlle de Fransızca öğreteceğim diye çocuğu boyuna zorlama. Ben Paris'teyken, yıllarca orda kalıp da Fransızca öğrenemeyenleri gördüm. Bunlar, hergün gidip sabahtan akşama kadar oturdukları kahvelerde, garsonlara Türkçe öğretmişlerdi. Bazı insanların yabancı dil öğrenme kabiliyetleri yoktur ama, yabancılara kendi dillerini öğretme kabiliyetleri vardır. Belki senin kız da böyledir... Her çocukta bir kabiliyet vardır, ama bu ruhunda gizli bir tohumdur. Bu tohumu keşfedip filizlendirmeli, çocuğun kabiliyetini ortaya çıkarmalı.

Arkadaşının bu sözleri üzerine babam, ablamın ruhunda gizli kabiliyet tohumunu filizlendirmek için, ona keman dersi aldırtmaya başladı. Ama ablamın ruhunda gizli kabiliyet tohumu, keman sesiyle de filizlenmedi.

Evde keman dersi veren kadın,

– Maşallah bu çocukta öyle bir ses var ki, demiş, benim kulağımı bile bozdu. Ona ders vermeye başladığımdanberi, "do" sesini "si" sesinden, kapı gıcırtısını keman sesinden ayıramaz oldum.

Gerçekten de ablam böyledir. Mutfakta bir bardak kırılsa, kapı çalındı diye açmaya gider.

İlkokuldayken öğretmeni ablama,

– Aman kızım, demiş, arkadaşların marş söylerken sen sus, bütün arkadaşlarını şaşırtıyorsun.

Sonra resme başlattılar, o da olmadı. Bale dersine gönderildi. Bale dersinin ablama çok büyük yararı oldu. Çünkü, evin içinde gezip dolaşırken ablam heryanını oraya buraya çarpar, bikaç kere düşerdi durup dururken. Kolunu, ayağını, sanki bavul taşırmış gibi, masaya, sandalyeye çarpardı. Bale derslerinden sonra eskisi kadar çarpmaz oldu.

Annemle babam, ablamın ruhunda gizli tohumu filizlendirmek için o kadar çok uğraştılar ki, sonunda yorulup,

– Kabiliyeti sonradan fışkırsın. Hele, şimdilik okulda okusun bakalım... dediler.

Ablam, düzenli olarak her sınıfı iki yılda bir geçerek, lisenin ikinci sınıfında bu düzeni de bozup, iki yıl üst üste sınıfta kalınca belge aldı ve okulu bıraktı. O zaman annem,

– Demek, kızın ev kadınlığına kabiliyeti var... dedi.

Çünkü, kala kala denenmemiş bir ev kadınlığı kalmıştı. Ama bu deneme çok uzun sürmedi. Annem, ablamın mutfağa girmesini kesinlikle yasakladı. Çünkü ablam beş dakika mutfağa girse, elini hiçbişeye sürmeden ayakta dursa, ondan sonra hiçkimse mutfakta aradığı şeyi yerinde bulamıyordu. Koskoca tencereler ortadan kayboluyor, günler sonra en olmayacak biyerden çıkıveriyordu.

Ablamı bir uzmana göstermişler.

Uzman,

– Çocuğu, ruhundaki gizli kabiliyeti bulacağız diye perişan etmişsiniz. Yazıktır. Bırakın çocuğu kendi haline... demiş.

İşte ondan sonra ablamın yakasını bıraktılar. Ablam biraz kendine geldi.

Ama olan benimle Metin'e oldu. Ablamın gizli kabiliyetini bulmak için uğraşmaktan annemle babam o kadar yorulmuş, umutsuzluğa düşmüşlerdi ki, bizimle uğraşmaya güçleri kalmamıştı. Oysa bana değil ama Metin'e, ablama göstermiş oldukları özeni göstermiş olsalardı, Metin gerçekten kabiliyetini geliştirebilirdi. Çünkü Metin'in makinelere büyük ilgisi vardır. Bu ilgisi yüzünden, evdeki radyoyu, çamaşır makinesini, babamın tıraş makinesini, düdüklü tencereyi, pikabı, sesalma makinesini, fotograf makinesini, dikiş makinesini, saatleri, gaz sobasını filan hep bozmuştur. Duvar saatinin içinden bir çarkı çıkarıp düdüklü tencereye, dikiş makinesinin bir vidasını, radyoya yerleştirmeye pek meraklıdır. Kardeşimin bu kabiliyetine babam "kabiliyetsizlik" diyor. Oysa Metin, bütün bunları bir makine icat etmek için yapmaktadır. Babamın sınıf arkadaşı bir komşumuzun da Nurten adında harika bir "yavru"su var. Bu küçük kızın bir harika olduğundan hiç şüphe yok. Çünkü Nurten, bizim bütün ailenin bir öğünde yediğinden daha çok yemek yiyor. Sonra da annesi,

– Yine iştahı kesildi yavrumun bugünlerde... diyerek, kıza, iştahı açılsın diye şuruplar, vitaminler, balıkyağı veriyor. Bıldık bıldık bir kız, şişmanlıktan zor yürüyor. Bacakları löp löp. Babası da pufböreği bir adam, sanki pufböreği canlanmış da yürüyor.

Annesiyle babası, gece biyere gidecek olurlarsa, Nurten'i bize bırakıyorlar. Bizimkiler de sinemaya gittikleri gece, Metin'i evde yalnız bırakmak istemiyorlar. Çünkü Metin, ya radyoyu karıştırıyor yada sağlam olan buzdolabını onarmaya kalkıp bozuyor. Metin'in bu makine merakını ben önleyemiyorum. "Düdüklü tencereye saat takacağım da yemeğin ne kadar zamanda piştiğini göstersin" diye tutturuyor. Baş edemiyorum. Onun için, annemle babam, ablamı da alıp sinemaya giderlerse, Metin'le ben, Nurten'lerin evinde kalıyoruz.

Geçenlerde bir gece yine onların evindeydik. Biz çocuklar bir odadaydık. Metin'le Nurten'e kitaptan masal okuyordum.

Nurten su içmek için dışarı çıkmıştı. Dönüşünde,

– Çocuklar, çocuklar, dedi, annemle babam kavga ediyorlar. Hadi gelin seyredelim.

– Nerden anladın kavga ettiklerini?

– Su içmek için çıktım da... Salondan geçiyordum. Annem beni görünce, babama "Canım, şekerim..." demeye başladı. Babam da ona, "Ruhum, bitanem" diyordu. Ne zaman kavga ederlerken birden üzerlerine gitsem, terbiyem bozulmasın diye birbirlerine işte böyle "canım, ciğerim" derler. Oysa kavga etmedikleri zaman, birbirlerine adlarıyla seslenirler. Hadi gelin, seyredelim...

– Biz artık eve gidelim, nerdeyse sinemadan dönerler... dedim.

Gideceğimizi haber vermek için salona geçtiğimiz zaman, gülünç bir durumla karşılaştık. Böyle bişey göreceğimizi bilsem, yanlarına gitmezdim elbet. Ama girmiş bulundum, geri dönemiyordum. Yerde bir vazo paramparçaydı. Nurten'in annesinin saçları dağılmış, babasının da yüzü tırmık içindeydi.

Babası,

– Sevgilim, vazoyu kaldır ortadan... deyince, annesi de,

– Nurten mi geldi? diye başını çevirince bizi gördü.

Sonra kızına,

– Ben sana kapıyı vurmadan girme demiyor muyum kaçtır? dedi.

Kocasına,

– Şekerim, kahve yapayım mı? diye sordu.

Adam,

– Yap bitanem, yap şekerim... Orta şekerli olsun hayatım... dedi.

Kadının terliği, koltukta kocasının yanındaydı.

Nurten,

– Zeynep ablalar gidiyor anne... dedi.

Başını tutan Nurten'in babası, acıdan yüzünü buruşturarak,

– Nasıl da ayağım kaydı, hiç anlayamadım... dedi.

Evimize geldik. Metin yatıp uyudu. Ben de sana bu mektubu yazıyorum. İşte, babamın öksürüğünü duydum. Sinemadan döndüler.

Yine görüşmek üzere... Hoşça kal Ahmet...

Zeynep Yalkır

Misafirin Yanında

Istanbul, 10 Şubat 1964

Sevgili Arkadaşım Zeynep,

Komşunuzla geçen olayı anlatan mektubunu okuyunca, üç odalı küçük bir evde oturduğumuza sevindim, çünkü evimiz küçük olduğundan, hepimiz evin içinde neler olduğunu duyarız, görürüz. Buyüzden komşunuzda geçen gülünçlükler olmaz bizde. Ama yine de can sıkıcı olaylar geçiyor evimizde arasıra. Geçen pazar, işte böyle can sıkıcı bir gündü.

Babam, çalıştığı fabrikanın sahibinin pazar günü bizim eve öğle yemeğine geleceğini söylemişti. Ben buna hiçbir anlam veremedim. Çünkü babam, patronunu hiç sevmez. Her fırsatta onu kötüler. Patronunu anlatırken yüzü kıpkırmızı olur; öyle kötü sözler söyler ki onun için...

Anneme,

– Ne işi varmış o adamın evimizde sanki?.. dedim.

Annem,

– O nasıl söz, dedi, koca bir patron...

– Ama babam onu hiç sevmiyor.

– O babanı seviyor.

– Neden?

– Baban, fabrikada sendika temsilcisi oldu ya...

Babamın bir ay önce, sendika temsilcisi seçildiğini biliyordum. Demek patron bunun için bizim eve geliyordu.

Babamdan boyuna kötülüklerini duyduğum patronu hiç görmediğim için merak ediyordum. Dev gibi, canavar gibi bir yaratık olmalıydı.

Patron gelecek diye bizim evde olağanüstü bir hazırlıktır başladı. İşinden döndükten sonra bir akşam babam, oturma odasının duvarlarını badana ederken biyandan da, durmadan patronuna söyleniyordu.

– Patron gelecek diye neden duvarları badana ediyorsun baba? dedim.

Babam,

– Patron mu? dedi, badana fırçasını hırsla kireç tenekesine daldırdıktan sonra ekledi: Sanki ben o gelecek diye mi badana ediyorum... Duvarlar kirlenmiş, görmüyor musun?

Annem komşularımızdan bardak, tabak, sofra örtüsü gibi şeyler aldı. Bigün önceden mutfağa girip ziyafet yemekleri yapmaya başladı.

O pazar, babam çok erkenden kalktı; oysa pazarları yataktan geç kalkardı.

– Misafir bu kadar erken mi gelecek baba? dedim.

– Ben onun için mi kalktım canım!.. dedi.

Kahvaltıdan sonra, pencere önüne oturup patronu beklemeye başladı. Aradabir, can sıkıntısıyla evin içinde dolanıp,

– Nerde kaldı bu herif! diye bağırıyordu.

Annem yemek masasını kurmuştu. Bir mutfağa gidiyor, bir içeri geliyor, eksik bişey kalıp kalmadığına bakıyordu.

Babam, odanın içinde gezinerek patronuna söylenip dururken, bizim sokak kapısı önünde bir klakson çalınca, büyük bir telaşa kapılıp,

– Koşun!.. Geldi galiba... Açın kapıyı, haydi! Ne duruyorsunuz? diye bize bağırırken, kendisi de yolu gören pencereden yarı beline kadar eğilip dışarı baktı.

Babamın telaşından paniğe kapılmış olan annem, çoktan gidip sokak kapısını açmıştı. Ama kimse yoktu.

İki gündenberi annem, misafirin yanında nasıl davranılacağı üzerine, Fatoş'a ders veriyordu. Bu derslerini, ben yanlarındayken veriyordu ki, ben de işitmiş olayım. Yeni elbisesini giymiş olan Fatoş'u yine almıştı önüne, ona herzamanki sözlerini tekrarlarken, dinliyor muyum diye, yan gözle de bana bakıyordu.

– Aman kızım, aman benim cici kızım, sakın misafirin yanında terbiyesizlik yapma, e mi? Misafirin yanında el ağıza sokulmaz. Misafirin yanında yere düşen bişey yerden alınıp yenmez. Unutma bunları sakın... Misafirin yanında, öksürürken, elinle ağzını kapatacaksın. Sakın misafirin yanında ekmeği ağzınla koparma, çok ayıptır. Ekmek dilimini elinle koparırsın... Olur mu canım? Sonra, misafirin yanında "ha" denilmez, çok ayıptır. Birimiz sana seslenirsek, sakın ha, "Ha?" deme!..

Fatoş sordu:

– Misafirin yanında ne diyeceğim öyleyse?

– Misafirin yanında "ha" denilmez, "efendim" denilir...

Dinleyip ders alıyor muyum diye arada bana da bakıyordu ama, bununla da yetinmeyip bana döndü:

– Oğlum, misafirin yanında her söze "efendim"le başla, sözünü yine "efendim"le bitir, dedi.

Pencereden, patronunun yolunu gözleyen babam da, patronu için söylenmedik söz bırakmıyordu. Birden babam,

– İşte geldi! diye bağırıp kapıya koştu.

Ben pencereye gidip dışarı baktım. Bizim kapı önünde, pırıl pırıl kırmızı renkli bir araba duruyordu.

Babamın gürültülü sesini duyuyordum:

– Vay efendim... Gözlerimiz yollarda kaldı. Buyrun, buyursunlar efendim... Hoşgeldiniz, safa geldiniz, safalar getirdiniz...

Yanlarına gittim. Babam, patronun paltosunu çıkarmasına yardım etti, sonra şapkasıyla paltosunu askıya astı.

Hiç de öyle benim sandığım gibi, ne dev, ne de canavardı. Ufacık tefecik, güleç bir adam... Babamın böyle bir adama niçin kızdığını, sonra bu kadar kızdığı adamı da niçin bu kadar gönülden karşıladığını anlayamadım.

Fatoş, patronun elini öptü, ben sıktım.

Babam,

– Öpsene oğlum beyamcanın elini... dedi.

Ben de öpmek zorunda kaldım. Babamla konuşmaya başladılar.

Biraz sonra annem,

– Yemeğe buyurunuz efendim... dedi.

Patron,

– Zahmet ettiniz, ben yemeğe kalmayacağım... dedi.

Bak şimdi şu uygunsuzluğa; annem kaç gündür patronu ağırlayacağım diye çırpındı durdu, o da şimdi yemeğe kalmayacakmış. Ama babam, nerdeyse zorlayarak, elinden, dirseğinden tutup patronunu sofraya oturttu. Babamla annemin telaşı bana da geçmişti.

Babam,

– Su koy bardaklara... dedi.

İşte o telaşla, patronun bardağına sürahiden su koyarken, sular taştı bardaktan.

Babam,

– Koca oğlan oldun, bir su koyamıyorsun... diyerek, peçetesiyle masa üstündeki suları silmek istedi, ama peçeteyi çekerken, üstündeki salata tabağını devirdi.

Annem,

– Ah, çok affedersiniz, üstünüze mi döküldü? diye patrona sorarken, Fatoş herzamanki gibi, tabağındaki çorbayı döktü.

Annem Fatoş'u azarladı.

Fatoş da,

– Anne, sen çarptın kolunla... diye ağlamaya başladı.

Sinirlenen babam,

– Ben sana, çocukları ayrı yedir demiştim... dedi.

Annem,

– Sus, misafirin yanında ağlanmaz... diye Fatoş'a fısıldadı ama, bunu hepimiz duyduk.

Fatoş, misafirin yanında ağlanmayacağı için sustu ama, bir zaman içini çekti durdu.

Annem, misafirin tabağına et koyuyordu. Misafir kolaylık olsun diye tabağını anneme uzatmıştı, ama başı babama dönüktü. Annem, misafirin tabağına ikinci kepçeyi tam boşaltırken, başı babama dönük olan misafir birden tabağını çekti. Annem de dağıtma kaşığındaki eti tatlı tabağına boşaltıverdi.

Annem,

– Aaa, ne yaptım!.. dedi.

Hepimizin şaşkınlığından sofra allak bullak olmuştu.

Babam yemeğine tuzluk diye biberliği silkeliyordu. Farkına varınca,

– Tuzluk ne cehennemin dibinde? diye bağırdı.

Annem, tuzluk diye babama, hardal kabını uzattı. Ben daha önce davranıp babama tuzluğu verdim. Babam hızla tuzluğu silkeledi, ama tuzluğun kapağı düşünce tuzluktaki bütün tuzlar yemeğine döküldü.

Büsbütün şaşkına dönen annem, ne diyeceğini şaşırmıştı. İşte bu şaşkınlıkla, hiç yeri yokken birdenbire misafire,

– Nasılsınız efendim? deyiverdi.

Anlayamayan patron,

– Efendim? diye sordu.

Annem,

– Yemek nasıl olmuş, beğendiniz mi efendim? dedi.

Patron,

– Elinize sağlık, pek güzel olmuş... dedi.

Bu sırada Fatoş,

– Anne, boğazımda kaldı... dedi.

Annem, bir eliyle Fatoş'un sırtına vuruyor, bir yandan da su içirmeye çalışıyordu.

Babam, daha önce bize, bıçağı sağ elimizde, çatalı sol elimizde tutmamızı söylemişti. Denemeye çok çalıştım ama beceremedim, sol elimdeki çatalla ağzımın yerini bitürlü bulamıyordum. Vazgeçtim, çatalı sağ elime aldım herzamanki gibi. Babam, tabağındaki eti, sağ elindeki bıçak, sol elindeki çatalla bölmeye çalışırken, etin kemiği tabaktan fırlayıp portakalların üstüne düştü.

Yine enaz falso yapan bendim. Sofradan kalkınca, bu belayı da atlattığımız için bir oh çektim.

Misafir, yemek üstüne kahvesini içerken,

– Kaçıncı sınıftasın yavrum? diye bana sordu.

– Efendim, beşinci sınıftayım efendim... dedim.

Bu "efendim"li cevabımı beğendiler mi, diye, annemle babamın yüzlerine baktım; ikisi de gülümsüyordu.

– Kaç yaşındasın?

– Efendim, onbir efendim...

– Büyüyünce ne olacaksın bakalım?

– Efendim, yazar, efendim...

– Aferin...

Sustum. Annem dudaklarını büze büze bana bişeyler anlatmaya çalışıyordu. Teşekkür etmemi fısıldadığını anladım. O sırada patron, babamla konuşuyordu.

Ben,

– Efendim, teşekkür ederim efendim... dedim.

Bu geç kalmış teşekkürün ne demek olduğunu anlamadığı için, misafir biraz duralayarak,

– Bişey değil, dedi.

Kardeşimin bir harika çocuk olduğunu, sana eski mektuplarımdan birinde yazmıştım. Fatoş, o gün de harikalığını gösterdi. Annem, sofrayı toplarken, masadan bir muz yere düşmüştü.

Yerden muzu alan Fatoş,

– Yere düşen şey misafirin yanında yenmez değil mi anne, misafir gittikten sora yerim... diyerek muzu masanın üstüne koydu.

Babam, Fatoş'un sözleri duyulmasın diye mi, yoksa kırdığı potu ona anlatmak için mi, her nedense üst üste öksürdü.

Fatoş hemen,

– Baba, misafirin yanında el ağıza kapanmadan öksürülmez ki! dedi.

Babam gülümsemeye çalışarak,

– Ha? Ne dedin Fatoş? diye sordu.

Fatoş,

– Misafirin yanında "ha" denilmez, baba!.. dedi.

Biraz sonra da misafir kalktı, gidiyordu. Babamla annem onu kapı dışına kadar uğurladılar, arabasına bindirdiler. Araba gittikten sonra içeri girdiler. İçeri girer girmez babam,

– Tuh, rezil ettiniz bizi! dedi.

Annem de,

– Ben size böyle mi söylemiştim? dedi.

Fatoş,

– Misafirin yanında ağzımla ekmek koparmadım ki... dedi.

Bu tatsızlık bütün gün sürdü.

Zeynep, sana bu mektubumla birlikte, bir resim gönderiyorum. Sınıf arkadaşlarıyla çektirdiğimiz resim... Resimde, sen burdan ayrıldıktan sonra gelen yeni öğretmenimizi de göreceksin.

Güzel günler, başarılar dilerim.

Ahmet Tarbay

Ne Ayıp Şey!

Ankara, 16 Şubat 1964

Sevgili Arkadaşım Ahmet,

Gönderdiğin resme ne kadar sevindiğimi anlatamam. Hemen bütün eski sınıf arkadaşlarım resimde varsınız. Senin yanında duran Mine olacak, ama pekaz görünüyor. Hüseyin, onu iyice kapamış. Yaşar da galiba Cengiz'in sırtına çıkmış. Neşe, yine en öne geçmiş, herzamanki gibi... Bu resmi göndermekle, bilsen beni öyle sevindirdin ki... Yalnız, resimde Demir'i seçemedim, o yok herhalde. Öğretmeniniz yaşlıca galiba.

Ben de sana kardeşimle birlikte çekilmiş bir resmimizi gönderiyorum. Bir komşu çocuğu kendi makinesiyle çekti.

Bu hafta başıma neler geldi, bir bilsen... Durup dururken, adım kopyacıya çıktı. Pek de durup dururken değil ya...

Öğretmenimizin en kızdığı şey kopyacılık. Sık sık bize kopyacılığın kötülüğünü anlatır, "Kopya yapmak çalışkan arkadaşınızın hakkını çalmaktır," der; "Kopya yapmak bir zekâ işi değil, kurnazlıktır," der.

Bu konuda babam da aynı düşüncededir. O da, "Çok ayıp, çok kötü şeydir kopyacılık; insanın başkasını değil, kendi kendisini kandırmasıdır," der.

Babamla, komşularımız olan üç sınıf arkadaşı biraraya geldiler mi, hep okul anılarını tekrarlarlar. Büyükbabamın da bizde olduğu bir gece, babamın arkadaşları da gelmişti. Yine okul anılarından söz açtılar.

Nurten adındaki şişman kızın babası,

– Hatırlıyor musunuz, dedi, hani matematikçi Keltoş Sabri Beyin eteğine, imtihanda kopya iğnelemiştik de...

Nurten'in annesi,

– Nasıl oldu, anlatsana!.. dedi.

– Allah rahmet eylesin, Keltoş dediğimiz Sabri Bey, lisede cebir öğretmenimizdi. İmtihanlarda çocuklara göz açtırmamakla övünür, "Kendine güvenen kopya yapsın da göreyim!" diye meydan okurdu. Soruları imtihan kâğıtlarına yazdırdı mı, dersanede ordan oraya sıçrar dururdu. Arkadaşlardan birisi...

Babam,

– Marsık Necdet değil mi? dedi.

– Evet, Marsık Necdet, şimdi büyükelçidir! Sabri'nin ceketinin eteğine, problemlerin çözümünü yazdığı kâğıdı iğnelemiş. Çocuklar, Sabri Beyin ceket arkasına iğneli kâğıda bakıp bakıp yazıyorlar. Yalnız Sabri Bey, bir yerde durmadığı, boyuna sıçradığı için, kopya kâğıdına bakıp cevabın hepsini yazmak zor oluyor. Çocuklardan biri hocayı bişeyler sorup lafa tutuyor, öbürü de kopya çekiyor. Ben bitürlü kopya çekemedim. Sanki kopya çekiyormuşum gibi yapıp, Sabri Beyi şüphelendirdim. O da kopya çekmeyeyim diye önüme gelip, sırtını sırama dayamıştı. Oh, baktım baktım yazdım.

Cevapları yazan dersaneden çıktı. İçerde son kalanlar da paydos ziliyle, kâğıtlarını verip çıktılar. İşte o zaman aklımız başımıza gelmişti. İğneli kopya kâğıdını, Sabri Beyin ceket eteğinden çıkarmayı unutmuştuk. İmtihan kâğıtlarını toplayan Sabri Bey, eteğinde iğneli kopya kâğıdını savura savura öğretmenler odasına girmiş.

Kimin bu işi yaptığı anlaşılmamış. Sabri Bey, çok yumuşak bir öğretmenmiş. Çok yalvarıp yakarmışlar da, hepsini affedip, yeni baştan imtihan yapmış.

Babamın başka bir sınıf arkadaşı,

– Ya Kasap Osman'a yaptıklarımız? dedi.

Kasap Osman dedikleri tarih öğretmenlerine yaptıklarını anlatıyorlar. Bu öğretmen de, imtihanda hep kürsüde otururmuş, ama gözleri projektör gibi, öğrencilerinin üstündeymiş. O imtihanda, ön sırada oturanların hiçbiri iyi not alamamış. Ama, öbür çocukların hepsi de iyi not almışlar. Çünkü, her çocuk, önündeki sırada oturan arkadaşının sırtına tarih kitabını dayayıp öğretmenin gözü önünde kopya çekmiş.

Arkadaşlarından geri kalmayan babam,

– Siz asıl, Sıfırcı Nâfiz'in imtihanında olanları hatırlıyor musunuz? dedi.

– Hani şu sinekli kopyayı mı? Kim hatırlamaz onu...

Sıfırcı Nâfiz dedikleri kimya öğretmenlerinin gözü, bir metre ilerisini bile zor seçermiş. Numarası da çok kıtmış. İmtihana girmeden önce, çocuklardan biri, beş on tane iri sinek yakalamış, kibrit kutusuna koymuş. İmtihan başlamış. Soruların cevaplarını, incecik kâğıtlara yazıp, bu kâğıtları da, sineklerin ayaklarına ince iplikle bağlamışlar, sonra sinekleri salıvermişler. Ayaklarında ağırlık olduğundan sinekler çok uçamıyor, bir yerden kalkıp hemen başka yere konuyorlarmış. Böylece herkes kopya yapabiliyor. Çünkü ayağında ağırlık olan sineği yakalamak kolay. Kâğıttan kopyayı çeken, sineği salıveriyormuş. Birden kapı açılıp da müdür içeri girince, ayağında iplik bulunan sineklerden biri, tam müdürün gözleri önünde iki tur attıktan sonra pike yapıp, müdürün çıplak başına konmuş.

Metin,

– Size ne yaptılar baba? diye sordu.

Babam,

– Azkaldı, bir arkadaşımızı okuldan kovuyorlardı, zor kurtuldu... dedi.

Nurten'in babası,

– Şimdi profesördür o arkadaşımız... dedi.

Babamın bir arkadaşı, büyükbabama,

– Beyefendi, siz de kopya yapmış mıydınız okuldayken? diye sordu.

Büyükbabam,

– Okul hayatında hangi çocuk kopya yapmamıştır ki... dedi.

Anlatmaya başladı.

Kimyadan üçer üçer sözlü imtihana giriyorlarmış. Büyükbabam, iki arkadaşıyla imtihan odasına girmiş, arkadaymış. Önceki arkadaşı, sınıfın en tembeliymiş. Öğretmen ne sorduysa, sesini çıkarmadan, boynunu büküp durmuş. Kimya öğretmeni kızmış, "Hiç mi bişey bilmiyorsun oğlum?" dedikten sonra, kolay bir soru diye, masadaki sürahiyi gösterip, "Bunun içinde ne var?" diye sormuş. Öndeki dilsizmiş gibi yine susunca, arkasındaki çocuk, "At, at... at bişey" diye fısıldamış.

– Ne var sürahide oğlum?

Çocuk,

– At var efendim... demiş.

O gece anlatılanlardan öyle meraka düşmüştüm ki... Ertesi günü öğretmenimiz, okul bahçesinde bizimle voleybol oynamış, sonra hep birlikte çayıra oturmuştuk. Otururken, bir fırsatını getirip sordum:

– Öğretmenim, siz hiç kopya yaptınız mı?

Birden, sanki boş bulunmuş gibi,

– Yaptım... dedi, sonra ekledi: Ama bütün sınıf yapmıştı. İmtihan kâğıdını çabuk yazıp veren bir çalışkan arkadaşımız, soruların cevaplarını büyük bir kartona yazmış, kartonu da uzun bir sırığa bağlayıp, bahçe penceresine uzatmıştı. Biz de pencereye bakıp kopya yapmıştık.

Ertesi gün, aile bilgisi dersinden yoklama yapıyordu öğretmenimiz.

Sağımda Türkân oturuyor. Solumdaki sırada da Murat var. Ben sana bu Murat'ı eski mektuplarımdan birinde anlatmıştım. Hani öğretmen "Kalk Murat!" dediği zaman, "Ben mi?", "Bana mı?" diye sorup duran çocuk. Murat, bizim sınıfta geçen yıldan kalma, arkadaşları ortaokuldalar. Tembel değil, ama kafasına ders girmiyor. Ama iyi bir çocuk...

Türkân da o gün nedense ders çalışmamış. İkisi de kopya vermem için yalvardılar.

– Yazılı kopya veremem çocuklar, ama belki fısıldarım... dedim.

Öğretmenimiz, soruları yazdırdı:

"Çocuğu hastalıktan korumak için ne yapmalıdır?"

"Başlıca çocuk hastalıklarından korunmak için ne yapmalıdır?"

"Oyunu ve oyuncakların yararını anlatınız!"

"Dayak insanı terbiye eder mi?"

Daha bir akşam önce ve o sabah bu derslere çalıştığım için, bu bölümlerin, kitabın hangi sayfasında olduğunu biliyordum. Aile bilgisi kitabı, Türkân'ın önünde duruyordu. Hem Türkân'a, hem Murat'a,

– Kitabın ellinci sayfasını açın... Elli, ellibir, elliikinci sayfalar, diye fısıldadım.

Ben cevapları yazmaya başladım.

Solumdaki Murat,

– Sen beni kandırıyorsun? dedi.

– Neden? diye fısıldadım.

– Ellinci sayfada kalça kemiği var.

– Öbür sayfaları aç!

– Açtım... Kaslar var, sonra çıkırık var...

Bir de, sıra altında gizlediği kitaba baktım ki, elinde aile bilgisi kitabı diye, tabiat bilgisi kitabı var.

– O kitap değil, aile bilgisi kitabını aç! diye fısıldadım. Murat, açtı aile bilgisi kitabını, kitaba bakarak harıl harıl yazmaya başladı. Türkân'la Murat, benden önce kâğıtlarını verip çıktılar. Onlardan sonra ben de çıktım.

Murat dışarda bana,

– Benim kitapta ellinci sayfa yoktu, dedi.

– Nasıl olmaz? Vardır, dedim.

– Vallahi yok!.. dedi. Kırksekizinci sayfadan altmışbeşinci sayfaya atlıyor.

Gitti, kitabını getirdi. Bir de baktım, kitabında, öğretmenin sorduğu soruların bulunduğu dördüncü forma yok. Buna karşılık, otuzüçüncü sayfadan kırksekizinci sayfaya kadar olan forma iki kere girmiş kitaba. Ciltlenirken yanlışlık olmuş.

– Peki, ne yaptın Murat? dedim.

– Kırksekizinci sayfadan sonraki sayfada ne varsa, onları kopya ettim.

Öğretmenimiz, yazılı yoklamada aldığımız numaraları okuyordu. Türkân da, ben de pekiyi almıştık.

Öğretmenimiz,

– Şimdi size, arkadaşınız Murat'ın yazdığı cevapları okuyorum, iyi dinleyin! dedi. Birinci soru: "Çocuğu hastalıktan korumak için ne yapmalıdır?" Şimdi de Murat'ın cevabını okuyorum: "Daha çok dayanmaları, temiz ve güzel durmaları için, onları temiz tutmak, kirlendikleri zaman temizlemek ve sık sık ütülemek lazımdır."

Sınıfta bir kahkaha koptu.

Öğretmenimiz,

– Susun! diye bağırdıktan sonra, şimdi de ikinci soruyu okuyorum, dedi: "Başlıca çocuk hastalıklarından korunmak için ne yapmalıdır?" Murat'ın cevabı: "Sık sık fırçalamalı. Tozları temizledikten sonra askıya geçirilip yerlerine asmalıdır. Mevsimi geçince de, bohçaya koyup sandıklarda saklanır. Çok kirlenmişse bol sıcak su ve sabunla yıkayıp iplere veya tellere asılarak kurutulmalı."

Çocuklar gülmekten sıraların altlarına yuvarlanıyorlardı.

Arkadaşlarımızın alaylarından, gülmelerinden çok utanan Murat, ağlaya ağlaya kalktı,

– Ama öğretmenim, ben onları kitaptan, kitaba bakarak yazdım, dedi.

Öğretmenimiz,

– Anladım, kopya çekmişsin, dedi, ama "çocuk bakımı" yerine "elbise koruma"sını yazmışsın.

– Bana Zeynep öyle söyledi öğretmenim.

Öğretmen bana bakıp,

– Yaaa, dedi, hem kopya veriyorsun, hem de yanlış kopya veriyorsun...

Artık inkâr edilecek yanı kalmamıştı olayın.

– Yanlış kopya vermedim öğretmenim, dedim, ben yalnız soruların kitabın hangi sayfasında olduğunu söyledim.

Öğretmen, Murat'ın kitabını alıp bakınca, yanlışlığın nerden geldiği anlaşıldı. Ama öğretmenimiz,

– Bu durumu annene bildirmek zorundayım, dedi.

Annemi okula çağırıp suçumu bildirdiler. O akşam evde, annem de, babam da bana söylemediklerini bırakmadılar.

Babam,

– Çok ayıp kızım, çok... dedi.

İyi ki, o gece büyükbabam bizdeydi de,

– Bırakın kızı canım, diye serteldi onlara, ne olmuş yani? Kendisi kopya yapmamış ya, başkasına vermiş...

Annem,

– İkisi de aynı şey değil mi? dedi.

– Hadi hadi... Hanginiz kopya yapmadınız?

Metin,

– Ama onlar yakalanmamışlar... dedi.

Ne yapayım, oldu bir kere... Ama çok canım sıkıldı. Ençok canımı sıkan da Metin. İkidebir "Ne ayıp şey, ne ayıp şey... İnsan, hiç kopya yapar da yakalanır mı? Ne ayıp şey!" diye benimle alay ediyor.

Mektuplarını, haberlerini dört gözle bekliyorum. Bana uzun uzun yaz, olur mu?

Hoşça kal. İyi günler, başarılar dilerim.

Zeynep Yalkır

Evin Hangi Hali?

Istanbul, 26 Şubat 1964

Kardeşim Zeynep,

12 Şubat tarihli mektubun ve gönderdiğin resmin için çok teşekkür ederim.

Anlattığın olaydan ötürü duyduğun üzüntüye katılıyorum. Sen, arkadaşına iyilik yapmak istemişsin, suçlu duruma düşmüşsün. Arkadaşın Murat'a hem acıdım, hem kızdım.

Bizim Hüseyin var ya, o da sizin sınıftaki Murat'a benzer bir yanlışlık yaparak, hepimizi gülmekten kırdı geçirdi. Ama Hüseyin, başkasını suçlamadı. Bilirsin, çok iyi arkadaştır. Sana bir mektubumda, onun bir fedakârlığını, kendini ağaçtan itip düşüren arkadaşını ele vermediğini yazmıştım.

Sen Istanbul'dayken Hüseyin'lerin evine gitmiş miydin? Küçücük bir gecekonduda oturuyorlar. Evlerini bilmesen bile, yoksul bir çocuk olduğunu bilirsin.

Arasıra onlara gittiğim için, onların ev durumunu bilirim. İki küçük odada, yedi kişi yaşıyorlar. Belki bu sıkışıklık, belki az kazanç yüzünden evlerinde dirlik olmuyor. Yakın arkadaşım olduğu için Hüseyin, evlerindeki geçimsizlikten bana yakınır, dert yanar. Onun üzüntülerini paylaşırım. Bazı sabahlar, okula gözkapakları şiş ve gözleri kızarmış gelince, onun evinde ağladığını anlarım. Genellikle pek yüzü gülmez Hüseyin'in, ama asık suratlı da değildir.

Geçenlerde bir sabah, yine gözleri şiş şiş gelmişti. Ağlamış olduğunu kimse anlamasın diye de, başkalarıyla konuşmadı, sırasına oturdu. Kendisiyle konuşmaya kalmadan da derse girdik.

O gün Türkçe dersinde öğretmenimiz, "ismin halleri"ni anlatıyordu. "İsmin kaç türlü hali vardır?" Cevap veriyorduk: "İ hali, e hali, de hali, den hali, yalın hali."

Öğretmenimiz bunları anlattıktan sonra, Demir'e "Altın Pencereli Ev" adlı bir hikâye okuttu. Belki de bu hikâyeyi biliyorsun. Hani, ormanda bir küçük evde yoksul bir aile yaşıyormuş. Bu evin bir kızı varmış. Onların evinin uzağında da başka bir ev görünürmüş. Akşamüzerleri, bu evin pencereleri sapsarı, pırıl pırıl yanarmış. Küçük kız, altın pencereli bu evi çok merak etmiş. Oraya gitmek için bigün yola çıkmış, gitmiş, gitmiş, evi bulmuş ama, gece de olmuş. Orda uyumuş, geceyi geçirmiş. Bir de uyanıp bakmış ki, kendi evleri karşıda, pencereleri de altın gibi pırıl pırıl ışıldıyor. Altın pencereli evin karşıda, kendi evleri olduğunu anlayınca şaşmış. O zaman, pencere camlarını, güneş ışınları yansımasının altına çevirdiğini anlamış.

Demir bu hikâyeyi okuduktan sonra, öğretmenimiz,

– Bundan alınacak ders nedir? dedi.

Kendi sorusunu yine kendisi cevaplandırdı:

– İnsanlar, içinde bulundukları durumdan memnun olmalıdırlar. Çok zaman, bu hikâyedeki küçük kız gibi, içinde bulunduğumuz mutluluğu bilemeyiz. Ancak ondan uzaklaşınca, mutluluk içinde yaşadığımızı anlarız. Demek ki, yine en iyi ev, bizim kendi evimizdir.

Böyle söyledikten sonra, deminki hikâyeden, içinde "ev" kelimesi bulunan bir cümleyi okuduktan sonra,

– Hüseyin, sen söyle, dedi, ev ne halde?

Arka sırada oturan, kendi üzüntüleri içinde, herhalde öğretmeni hiç dinlemiyordu ki, süklüm püklüm ayağa kalktı, sesini çıkarmadı. Öğretmen sorusunu tekrarladı:

– Ev ne halde Hüseyin?

Öğretmen, ona kendi evlerini soruyor sanıp, Hüseyin fısıldar gibi,

– İyi değil öğretmenim, dedi.

Öğretmen şaşırdı:

– Ben sana "ev"in halini soruyorum. Ev hangi halde?

Bu kadar arkadaşın içinde, evinin hangi halde bulunduğunu anlatmak istemeyen Hüseyin, ağlamaklı, çatallaşan bir sesle,

– Evin hali... İyi değil efendim... dedi.

Öğretmen,

– Evin hangi hali iyi değil? dedi.

– Hiçbir zaman iyi değil ama, bugünkü hali daha da kötü... dedi.

Hüseyin'in ne demek istediğini yalnız ben anlamıştım. Arkadaşlar, onun sözlerinden bişey anlamadıklarından gülüyorlardı.

Öğretmen,

– Neden iyi değil? diye sordu.

Hüseyin,

– Çünkü... dedi, sesi titriyordu, sözünü zor tamamlayabildi: Ev sahibi, bizi evden çıkarmak istiyor, kirayı veremiyoruz diye...

Sınıfta bir kahkaha kopunca, Hüseyin sırasına oturup, başını ellerinin arasına aldı.

Öğretmenimiz, o cümleyi okudu: "Küçük kız karşıda altın pencereli evi görünce..."

– Sen söyle Demir, "ev"in hangi hali? Burada ev hangi halde?

Demir,

– "İ hali" öğretmenim... dedi.

Öğretmen, yine Hüseyin'e sordu:

– "Ev"in hangi haliymiş?

Hüseyin, yine konuyu anlayamadığı için,

– İyi haliymiş... dedi.

"İ hali"ni, "iyi hali" diye duymuştu.

Sınıfta bir kahkaha daha koptu.

Öğretmen,

– "Ev"in kaç türlü hali var Hüseyin?

– İyi hali var... Bir de iyi olmayan hali var...

Hüseyin'in evinde, hiçbir zaman evin iyi hali olmadığını ben biliyordum.

Öğretmenimiz, Hüseyin'in ne demek istediğini geç anladığı için, konuyu değiştirip,

– Yine de en iyi ev, içinde yaşadığımız kendi evimizdir, evimizin değerini bilmeliyiz... diye anlatmasını sürdürdü.

Akşam okul dönüşü, Hüseyin'i birazcık avutmaya çalıştım.

Ankara'da havalar nasıl? Burda çok soğuk var. Dün biraz kar da yağdı ama, yerler kar tutmadı. Bizim evin hali iyi ama, benim yattığım odanın hali iyi değil. Salondaki soba, yattığım odayı iyice ısıtmıyor. Sizin evin hali nasıl?

Mektuplarını bekliyorum Zeynep.

Seni unutmayan arkadaşın
Ahmet Tarbay

Ne Yalan Uydursam!

Ankara, 16 Mart 1964

Ahmet,

26 Şubat tarihli mektubuna cevap vermekte geciktiğim için özür dilerim. 23 Nisan müsameresine hazırlanıyoruz. Bana da müsamere için çok iş düştü. Biyandan müsamere hazırlığı, biyandan dersler yüzünden mektup yazmaya vakit bulamadım. Ama, Hüseyin'e mektup yazmıştım. Geçen mektubunda Hüseyin için yazdıklarına öyle üzüldüm ki, senin yazdıklarından hiç söz etmeden, gönül alıcı bir mektup yazmıştım ona.

Sana mektup yazamadığım günlerde çok ilginç olaylar geçti. Ben yalnız birini anlatacağım sana. Bu olay, Metin'in başından geçti. Metin arada sırada babama yalan söylüyor. Babam, yalanını yakalayınca, Metin'e çok kızıyor. Önüne alıp öğütlere başlıyor:

– Oğlum, herşeyi yap, yalnız yalan söyleme! Çünkü, dünyada ençok doğuran şey yalandır. İnsan bir küçücük yalan söyledi mi, o yalanını gizlemek için biraz daha büyük yalan söylemek zorunda kalır. Sonra o yalanı ortaya çıkmasın diye daha büyük yalan söyler. Her yalan, daha çok, daha büyük yalan doğurur. Onun için yalan söyleme!

Babam böyle söyler ama, Metin'i de yalan söylemeye zorlar. Çünkü Metin, suç bile denilmeyecek bir küçücük yanlış yapsa, babam onu azarlıyor. Kardeşim de azardan kurtulmak için yalan kıvırmak zorunda kalıyor. Tabii, sonunda da yalanı çıkıyor, babam da başlıyor öğütlerine.

Bir akşam Metin bana,

–Acaba babama ne yalan uydursam? dedi.

Bikaç gündür babam, Metin'e saçlarının çok uzadığını, berbere gidip saçlarını kestirmesini söylüyor, oyuna dalan Metin de berbere gitmeyi unutuyordu. O sabah babam Metin'e, berbere gitmesini kesinlikle söylemiş,

–Akşam eve gelince, seni böyle görmeyeyim, demişti.

Metin'e,

–Doğrusunu söyle, nasıl olsa sonra yalanın çıkar... dedim.

–Doğrusunu söylersem babam kızar. Paramı düşürdüm desem?..

–Biliyorsun, onu bikez söyledin, sonra cebinde para çıktı, yalanın yakalandı.

–Okulda, kooperatiften kitap aldım derim...

–En iyisi doğrusunu söyle...

–Berber çok kalabalıktı, bekledim sıra gelmedi derim.

Daha bisürü yalan uydurdu, ama hiçbirini beğenmedi.

Babamın Ziya adında bir arkadaşı var, o akşam eşiyle birlikte bize geldi. Çoktanberi görüşemediği için babamı merak ettiğini söyledi. Babamın gelme zamanı çoktan geçmişti, ama nedense gecikmişti babam.

Annem,

–Nerdeyse, şimdi gelir... dedi.

Babam daha da gecikince, annem merak etmeye başladı.

–Hiç bu kadar gecikmezdi, ne oldu acaba? dedi.

Ziya Bey,

–Belki bir işi çıkmıştır... dedi.

Annem,

–Haber verirdi... dedi.

Metin'le ben yemeğimizi yedik. Annem, babamı beklediği için yemedi.

Vakit epiy geçti. Metin yattı. Ziya Beyle eşi gitmek üzere kalkmışlardı ki, kapı zili çalındı.

Annem heyecanla,

– İşte geldi!.. diye koştu.

Ziya Bey,

– Biz saklanalım da sürpriz yapalım, dedi.

Eşiyle birlikte yan odaya geçtiler. Gelen babamdı.

Annem,

– Neredeydin? Çok merak ettim... Bir işin mi çıktı? dedi.

Babam,

– Ziya hastalanmış, ona uğradım... dedi.

Annem,

– Yaaa!.. Ama çok geç kaldın... dedi.

– Hasta. Hemen kalkıp gelemezdim..

– Geçmiş olsun, çok mu hasta?.. Vah vah!..

Babam daha çok şey söyleyecekti ama, Ziya Beyle eşi, kahkahalar atarak, saklandıkları odadan çıktılar. Babam şaşırdı. Onlara,

– Aaaa... Siz burada mıydınız? dedi.

– Sana sürpriz yapalım dedik.

Annem gülerek,

– Tam sürpriz oldu işte! dedi.

Hep birlikte sofraya oturdular.

Babam,

– Metin yattı mı? diye sordu.

– Ne yalan uydursam diye düşüne düşüne yoruldu, yattı... Bugün berbere gidip tıraş olmayı unutmuş. Kızarsınız diye yalan uydurmaya çalışıyordu... dedim.

Babam,

– Geç oldu, hadi sen de yat! dedi.

İşte böylece Metin, ertesi sabah azarlanmaktan kurtulmuş oldu.

Ahmet, mektuplarını bekliyorum. En iyi dileklerimle.

Zeynep Yalkır

Çocuk Bayramında Müsamere

İstanbul, 24 Nisan 1964

Kardeşim Zeynep,

16 Mart tarihli mektubundan sonra yolladığın kartta, "Geç cevap verdiğim için darıldın da ondan mı mektup göndermiyorsun?" diyorsun. Hayır, darılmadım. Niçin darılayım? Bizim de 23 Nisan müsameremiz vardı, hazırlanıyorduk. Bugün yarın derken zaman geçti. Sonunda dün müsamereyi verdik, ben de rahatladım. Hemen sana mektup yazıyorum.

Dünkü müsamere çok, çok güzel oldu. Neden güzel oldu, biliyor musun? Çok beceriksizlikler oldu da ondan... En büyük beceriksizliği de ben yaptım.

Müsamere işiyle ençok üçüncü sınıf öğretmeni ilgileniyordu. Müzik öğretmenimiz de şarkıları, dansları hazırladı. Bizim sınıf öğretmenimiz de, müsamerede oynanması için bir piyes yazdı.

Tanıdığım büyüklerin çoğu, işlerini sevmiyorlar, başka bir iş yapmak istiyorlar. Alalım babamı, babam herzaman söyler bize, eğer okuyabilseymiş, büyük bir şair olabilirmiş. Şimdi bile boş vakit buldukça şiir yazar. Teknisyen olan amcam da, doktorluğa özenir.

Bizim öğretmen de, yazar olduğu kanısında. Bize derslerde kaç kez, "Yazar olacaktım ama kısmet değilmiş," dedi.

Benim anladığım, herkesin gözü, kendi uğraştığından başka bir işte.

Müdürümüz, basılmış piyeslerden birinin seçilmesini söyledi ama, öğretmenimiz bunların hiçbirini beğenmediği için, kendisi bir piyes yazdı. Çok acıklı bir piyesti. Kısaca konusunu anlatayım. Çok kötü bir oğul var. Annesine, babasına yapmadığı kötülük kalmıyor. Okuldan kaçıyor, işten kaçıyor, sonunda serseri oluyor. Hırsızlık ediyor. Annesi, duyduğu üzüntüye dayanamayıp ölüyor. Oğlan, babasından zorla para alıyor. Vermezse dövüyor babasını. Sonunda, bir suçundan ötürü cezaevine sokuyorlar. Cezasını bitirip, cezaevinden çıktıktan sonra, oğulun aklı başına geliyor. Elini öpüp af dilemek için babasının evine gidiyor. "Babacığım, ben senin öğütlerini tutmadım, sözlerini dinlemedim, bu durumlara düştüm. Artık aklım başıma geldi. Beni affet!" diye yalvarıyor. Yaşlı babası da gözyaşları içinde, "Bir baba, oğlunu herzaman affeder. Ben affettim. Tanrı da seni affetsin oğlum..." diyor, ama aşırı heyecana dayanamıyor, düşüp ölüyor.

Piyes gerçekten çok acıklıydı. Biz sınıfta okurken hep ağlıyorduk.

Öğretmene,

– Gülünçlü bir oyun olsa daha iyi olmaz mı efendim? dedim.

– Heryerden çıkarsın Ahmet... yani maskaralık mı yapacaksın? dedi.

Oysa ben başka bişey anlatmak istemiştim. Yüzümüze sakal, bıyık yapıştırıp büyük adam rollerine çıkacağımıza, sahneye yine kendi yaşımızdaki rollere çıksak, okul yaşayışımızdan bazı sahneleri canlandırsak daha iyi olmaz mı demek istemiştim. Ama istediğimi anlatamamıştım.

Daha önceki müsamerelerde de görmüştüm; takma sakallı, takma bıyıklı çocuklar, sahnede, sirk cüceleri gibi duruyorlar. Ne kadar acıklı konuşurlarsa, o kadar komik oluyorlar. Ne kadar acıklı söyleseler, seyirciler gülüyor. Böyle olacağına, doğrudan bir komedi oynamak, daha iyi olur demek istemiştim. Ama öğretmen azarlayınca sustum.

Konusunu özetlediğim bu oyunda beş rol var. Öğretmenimiz, benim önerime kızdı galiba. Bana,

– Kötü oğul rolünü sen al, iyi yaparsın, tam sana uygun bir rol... dedi.

Demir, benim babam, Mine de annem olacaktı.

Oyunu ezberledik. Sahnede provalar yaptık. Son prova günü, çok yağmur yağdı. Bilirsin ya, sürekli yağmur yağınca, çatıdan sular içeri akar. O gün de sanki yağmur sahneye yağıyordu. Çocukların müsamere elbiseleri döşemeye düşüp sıçrayan yağmur sularından ıslanmasın diye sahnenin orasına burasına taslar, tenekeler, kovalar konuldu.

Bir de Çin dansı yapılacak. Beni de Çin dansı yapacakların arasına kattılar. Müzik öğretmenimiz, başka bir okulun müsameresinde Çin dansı yapan çocukları görmüş, pek beğenmiş.

– Zeybek oynasak daha iyi değil mi? dedim.

Müzik öğretmenimiz, her müsamerede zeybek oyunu oynandığını, bir de değişiklik olması gerektiğini söyledi.

– Öğretmenim, dedim, acaba Çin'deki bir ilkokul müsameresinde de Çinli çocuklar bizim zeybek oyununu oynuyorlar mı?

– Bilgiçlik taslama! dedi.

Ama Zeybek oynayan Çinli çocuk gözümün önüne gelince güldüm. Bizim Çin dansı yaptığımızı görselerdi, onlar da bize gülerlerdi sanırım.

Eskimiş çatıdan sızan yağmur altında ve kovalar, tenekeler arasında Çin dansının son provalarını yaptık. Biz dans ederken, sahne döşemesinin tahtaları gıcır gıcır gıcırdıyordu.

Müzik öğretmeni bana,

– Öyle zıp zıp zıplama zeybek oynar gibi, bu Çin dansıdır, yumuşak, hafif, yavaş oynanacak... dedi.

Yumuşak, ağır hareketler yapmaya çalışıyorum ama, ben zeybek oyununa alışık olduğumdan, dalıp yine sıçramaya başlıyorum.

– Ahmet, zıplama öyle... Çin dansı, Çin ruhunu yansıtır. Çinliler yumuşaktır.

İyi ama Çinli ruhu yumuşaksa ben ne yapayım, benimki yumuşak değil işte...

Müzik öğretmeni piyano çalıyordu biz dans ederken. Ben yine dalgınlıkla hoplamış olacağım ki, piyanodan kalkıp kızgınlıkla bana doğru gelirken, ayağı kovalardan birine takılıp düştü. Kovadaki sular da ortalığa saçıldı. Bütün bu karışıklıklardan sonra, akşama doğru, son provanın başarılı olduğu anlaşıldı.

Müsamere günü çok heyecanlıydık. Sahnede itişip kakışarak, perde aralığından salona bakıyorduk. Salon dolu...

Her sınıftan elli çocuk sahnede dizildik. Perde açıldı. İstiklal Marşını söyledik. Sonra biz kulise girdik. Birinci ve ikinci sınıftan bir grup kaldı sahnede. "Bugün 23 Nisan, neşe doluyor insan" şarkısını söylediler. Biz içerde, salondan gelen alkışları duyuyorduk.

Daha sonraki korodan müzik öğretmeni hiç memnun olmadı. Kuliste çocuklara,

– Bu ne biçim koro? Ben böyle mi öğrettim? İki sesli koro, yirmiiki sesli oldu... dedi.

Sıra, bizim Çin dansına gelmişti. Renkli parlak kumaşlardan eteklikler üstüne bluzlar giyinmiş kızların ellerinde tepsiler vardı. Oğlanlar, gözleri, kaşları siyah boyayla boyanıp Çinlilere benzetilmişlerdi. Yine siyah boyayla yapılmış, sarkık bıyıklarımız vardı.

Perde açıldı. Müzik öğretmeni piyanoyu çalmaya başladı. Biz de sahneye çıktık. Kızlar, ellerinde tepsilerle, bizim aramızdan geçmeye, eğilip kalkmaya başladılar. İşte bu sırada bir felaket oldu. Ben yine dalgınlıkla çok mu hoplayıp zıpladım nedir bilmiyorum, eğilen kızlardan birinin eteği, aralanmış döşeme tahtalarının arasına girip sıkışmıştı. Kız, eteğini kurtarıp, bitürlü olduğu yerden kımıldayamıyor. Biz dönüyoruz, o kız öylece duruyor. Sıkışan döşeme tahtaları açılsın diye, ben kızın yanına gelince bir daha sıçradım. Evet, iki tahta birbirinden açıldı ama, kız çekilinceye kadar yine birleşti, kızın eteği iyice sıkıştı. Kız, kurtulmak için hamle edince, eteklik belinden sıyrılıp yere inmez mi! Zavallı, ortada donla kalakaldı. Salondan bir kahkaha koptu.

Müzik öğretmeni, kulisten,

– Perdeee, perdeee... Perdeyi kapayın! diye bağırdı.

Coşkun alkışlar arasında perde kapandı.

Sonra başka oyunlar oynandı, şarkılar söylendi. En sonra sıra bizim piyese geldi.

Makyajlarımızı, bizim öğretmen yapmıştı. Mine'yi görsen, annesinin eski elbiseleri içinde, tam bir cüce kocakarı olmuş. Benim ağzımla burnum arasına iyice zamk süren öğretmenimiz, zamkın üzerine de, iki pırasa sapı gibi takma bıyık yapıştırmıştı. Bıyıklar ağır geldiğinden düştü. Öğretmenimiz, üstdudağımı daha çok zamklayıp bıyığı bir daha yapıştırdı.

Demir'in yanakları da zamklandı, sonra zamkların üstüne pamuklar yapıştırıldı. Demir, benim babam olduğundan, onun sakalı, bıyığı ağarmıştı. Makyajlarımız tamamlanınca öğretmenimiz,

– Daha yaşlı görünmesi için Demir'e gözlük de gerekli... dedi.

Oysa daha önce hiç gözlük düşünülmemişti. Tam o sırada gözlük nereden bulunacak? Müdür Bey, gözlüğünü çıkarıp Demir'e verdi.

– Aman dikkat et, düşürüp kırma!.. Gözlüksüz hiçbişey göremem, dedi.

Demir, gözlüğü de takınca tam bir yaşlı cüce oldu, sanki yedi cücelerden biri.

– Ben bu gözlükle hiçbişey göremiyorum, dedi.

Gerçekten de göremiyordu. Perde açılınca, sahneyi bulamadı da, başını duvara çarptı. Biz onu, arkasından iterek sahneye yönelttik.

Oyunun birinci perdesi çok başarılıydı. Bunu alkışlardan anlıyorduk.

İkinci perdeyi oynuyorduk. Ben anneme, yani Mine'ye işkence ediyordum. Babam, yani Demir de bana söyleniyordu. Ama Demir, gözlükle beni görmüyor, bana söylüyor diye, seyircilere arkasını, duvara yüzünü dönmüş,

– Ah zalim evlat, biz seni bunun için mi büyüttük, bu boya getirdik? diye yumruğunu sıkmış, haykırıyordu.

Ben hemen Demir'in önüne dolanıp,

– Bu yana dön, burdayız! diye fısıldadım.

Ben annemi döverken, Demir, Mine'yi kurtarmaya çalışacaktı. Ama, Demir sahnede bitürlü bizi bulamıyor, körebe oynar gibi ellerini ileri uzatmış, kapıya sesleniyor:

– Vurma! Vurma!.. Anneye el kalkmaz, hain evlat, vurma!..

Biz sağdayız, Demir sola bağırıyor. Sesimi duysun da, bizden yana dönsün diye, piyeste olmadığı halde, bazı filmlerde olduğu gibi,

– Hah hah hah!.. diye soğuk soğuk gülüp, vururum, o benim annem değil mi, vururum!.. diyorum.

Demir sesimize yöneliyor. Ama az sonra yine yanını yönünü şaşırıp seyircilere,

– Vurma!.. Anneye kalkan eller taş kesilir... diyor.

Sesime dönsün diye haince kahkahalar atıyorum:

– Hah hah hah!..

Baktım Demir bize dönmeyecek, ben Mine'yi sürükleyerek ona doğru döndüm.

– Ey hain evlat...

– Baba, biz burdayız, bize dön...

Demir zeki çocuk, hemen durumu anladı,

– Ben sana dönmem. Ben senin büyüğünüm, babanım, sen bana dön hain evlat!.. dedi.

Artık piyeste olmayan sözler söylüyoruz:

– Kime söylüyorsun baba, ben buradayım...

– Ben sana söylemiyorum, konuşmuyorum seninle...

– Duvarla mı konuşuyorsun baba?

– Taşlar anlar da sen laf anlamazsın hain evlat...

Mine,

– Seni doğuracağıma taş doğursaydım!.. diye inleye inleye öldü.

Mine ölünce, Demir de üstüne kapanıp ağlayacak. Demir, döşemelere kapanıp,

– Nerdesin, nerdesin? diye Mine'yi aramaya başladı.

Mine, Demir'e doğru sürünerek,

– Burdayım, öldüm işte... dedi.

Demir'i tutup,

– Sen de haydi onun yanına! diyerek, Mine'nin üstüne attım.

İkinci perde de kapandı.

Kuliste öğretmenimiz Demir'e çıkıştı.

Demir,

– Ne yapayım öğretmenim, bu gözlükle hiçbişey göremiyorum, dedi.

Son perdeyi gözlüksüz oynaması düşünüldü ama, daha önce gözlüklü olan ihtiyarın, öleceğine yakın gözlüksüz olması uygun görülmedi.

Müdür Bey,

– Gözlük camlarının üstünden bak! dedi.

Demir, gözlük camlarının üstünden baktığı için, üçüncü perdede önemli bir aksaklık olmadı. Ama daha önceki perdelerde, bir kere sinirleri bozulmuş olan seyirciler, her ne yapsak, ne söylesek, kahkahalarla gülüyorlardı. Ağlanacak yerde bile gülüyorlar.

Üçüncü perdede ben cezaevinden dönüp evime geliyorum. Yaptıklarıma pişman olmuşum. Babamdan af diliyorum. İşte buna bile seyirciler gülüyorlar. Hiç böyle şeye gülünür mü?

Eğilip babamın elini öptüm. Eğilince, bir de baktım, takma bıyığımın teki yerde. Ağır gelen bıyık düşmüş dudağımdan. Tek bıyıkla yerden kalkamam ya...

Piyeste olmadığı halde,

– Ayaklarını öpeyim babacığım!.. diye kendimi yere atıp, bıyığımın tekini yerden kaptım, dudağıma yapıştırdım. Kardeşim, terslik oldu mu üst üste oluyor. Benim sol bıyığım düşmüş. Ben hangisinin düştüğünü bilmediğim için, düşen bıyığı sağ yana, yani eski bıyığın üstüne yapıştırmaya çalışıyormuşum. Demir, "Sola yapıştır!" diye fısıldadı. Ama bitürlü bıyık yapışmaz. Baktım, olacağı yok, sol bıyığımı dudağımın üstüne elimle tutup, boyuna bıyık burar gibi yapıyorum.

Babam,

– Seni affettim oğlum... diyor, ben durmadan babama bıyık buruyorum.

Boyuna bıyık burulmaz ya...

– Kendimi sana affettiremeseydim babacığım, bu bıyıkları atardım... deyip, iki bıyığı birden söküp attım.

Demir,

– Ne yaptın evladım? dedi.

– Senin için ne yapsam azdır babacığım, bu bıyıklar sana feda olsun!.. dedim.

Piyesin sonuna gelmiştik. Babam ağlayarak bana sarılacak,

–Ben affettim, Tanrı da affetsin!.. deyip yere düşecek, ölecek.

Demir bir ağlamaya başladı. Ama gerçekten ağlıyor. Sonradan söylediğine göre, oyunun etkisinde kalıp heyecanlanmış da ondan ağlıyormuş. Yüzündeki pamukların üstüne şakır şakır gözyaşları akıyor. Ben rol yapıyor da ağlıyor sanıyorum. Oysa, gözlükten gözleri bozulup sulanmış, bir de heyecanlanınca, artık gözyaşlarını tutamamış.

Demir,

–Vah evladım... diye boynuma sarıldı. Kucaklaştık. Birbirimizden ayrıldığımız zaman, bir de baktım, babamın suratında hiç sakal kalmamış. Bu adamın sakallarına ne oldu, diye düşünürken, bir de elimi yüzüme attım ki, ne olsa iyi?.. Biz birbirimize öyle sıkı sarılmışız ki, zaten benim dudağımdaki zamklar da yanaklarıma bulaşmıştı, babamın sakalları olduğu gibi benim suratıma yapışmış. Bu sefer ben baba oldum.

Babamın yere düşüp ölmesi gerekli. Ama bitürlü ölmüyor.

– Ölsene artık Demir!.. diye fısıldadım.

O da bana,

– Sakallar sende, şimdi hangimiz öleceğiz? diye fısıldadı.

– Sen babasın, sen öleceksin... Hadi düş yere!

Bitürlü kendini yere atmıyor.

– Hadisene yahu!..

Yanıma iyice sokulup,

– Kendimi yere atacağım ama, ya Müdür Beyin gözlüğü kırılırsa?.. dedi.

– Kardeşim, öl de şu piyes bitsin artık. Rezil olduk... Öl be!

Demir,

– Ben seni affettim, Tanrı da affetsin!.. dedikten sonra, burnunun üstündeki gözlüğü çıkarıp, dikkatle masanın üstüne koydu. İşte, ben artık ölüyorum! deyip kendini yere attı.

Ben de babamın üstüne yattım. Perde de kapandı. Kapandı ama, biz sahnenin çok önüne çıkmış olacağız ki, ikimiz de perdenin önünde kaldık. Bedenimiz perde önünde, ayaklarımız perdenin arkasında.

Alkış, kahkaha gırla gidiyor...

Demir'e,

– Böyle yatılmaz ya, hadi kalkalım!.. dedim.

– Ölü kalkar mı? Ben öldüm, hadi sen kalk... dedi.

Perdenin arkasından birisi ayaklarımızdan çekip bizi içeri aldı. Bir de baktık, öğretmenimiz bizi çekiyor.

Demir,

– Yandık Ahmet!.. diye fısıldadı.

Korku içinde kulise geçtik. Oradaki öğretmenlerin, müdürün gülmekten gözlerinden yaş süzülüyordu.

İşte 23 Nisan müsameresini de böylece atlatmış olduk. Bu müsamereden sonra herkes Demir'in büyük sahne kabiliyeti olduğunu söylüyor. Çünkü, bizim öğretmenin yazdığı dramı çok güzel bir komedi yaptı.

Istanbul'da çok güzel bir ilkyaz başladı. Büyük tatilde Istanbul'da görüşmek üzere, iyilik ve esenlikler dilerim.

Ahmet Tarbay

Çocuk Romanı Yarışması

Istanbul, 25 Nisan 1964

Zeynep Kardeşim,

Dün sana bir mektup postalamıştım. Bugün bir mektup daha yazıyorum. Bir gün arayla mektup yazmama belki de şaşacaksın. Bu mektubumu, bir konuda sana akıl danışmak için yazıyorum. Düşünceme katılırsan, bu konuda seninle işbirliği yaparız.

Bir çocuk romanı yarışması açıldığını daha yeni öğrendim. Bak, aklıma ne geldi: Birbirimize yazdığımız mektupları tarih sırasına göre düzenlersek, bunlar bir çocuk romanı olmaz mı? Ben, senin gönderdiğin bütün mektupları saklıyorum. Sen de bir mektubunda, benim sana yazdığım mektupları bir dosyada sakladığını yazmıştın.

Ne dersin, bu yarışmaya girelim mi? Düşüncemi uygun bulursan, sendeki mektuplarımı bana hemen uçak postasıyla gönder. Çünkü yarışmaya katılma süresinin dolmasına çokaz kaldı. Yarışmayı kazanırsak, bu başarı ikimizin olacak. Yarışmaya ikimizin adıyla ortak gireceğiz.

Mektuplarımızı yarışmaya sokmamızı doğru bulmuyorsan, bunu bana bildir. Senden bir dileğim var: Yarışmaya girelim dersen, sakın bunu kimseye söyleme, e mi? Kazanırsak evdekilere sürpriz yapmış oluruz. Kazanamazsak, yarışmaya katıldığımızı kimseye söylemeyiz, ikimizin arasında kalır.

Cevabını bekliyorum. Selam ve sevgilerimle kardeşim.

Sınıf arkadaşın

Ahmet Tarbay

Birinci Olacaksın

Ankara, 27 Nisan 1964

Sevgili Arkadaşım Ahmet,

Mektubunu az önce aldım. Hemen cevap yazıyorum. Mektubu yazar yazmaz, senin bendeki mektuplarını bir paket yapıp postaya vereceğim.

Yarışmaya girme teklifin bence çok uygun. Yalnız, umudunu kırmış olmayayım ama, kazanma şansımız pekaz. Neden biliyor musun? Biz bu mektuplarımızda büyüklerimizi, anababaları, öğretmenleri durmadan eleştirdik, yerdik. Oysa, yarışmaya katılan romanları okuyup değerlendirecek olanlar da büyükler, anababalar, öğretmenler. Kendilerini eleştiren bir romana derece vereceklerini sanmıyorum. Üstelik, "Bunlar ne biçim çocuklarmış!" diye de bize kızacaklar belki... Dahası var, yarışmaya gönderirken, romanın üstüne adını, adresini de yazacağına göre, ister misin mektuplarımızı evlerimize geri göndersinler de, başımıza iş çıksın? Hiç olmazsa, mektuplarımızın altına takma ad koyalım. Ben takma ad olarak Zeynep'i seçiyorum. Sen de kendine bir takma ad uydur.

Bu sözlerimle, yarışmaya katılmayalım demek istemiyorum. Mektuplarımızın topluca bir roman biçimini aldığını sanıyorum. Romanı gönder yarışmaya. Kazanmazsak, ne çıkar... Kazanmamak, kaybetmek demek değildir.

Yeni mektubun gelince, az önce, senin eski mektuplarından bikaçını daha okudum. Biz, büyükleri eleştiride çok ileri gitmişiz. Sen neler neler yazmışsın!.. Ya ben neler yazdım sana kimbilir!.. Hele bu mektuplar bir de yan yana geldi mi, çok ağır, tuzlu olacak. Doğrusu, biz de olayları çok abartarak yazdık ya...

Yarışmaya katılan romanları okuyacak olan yargıcılar kurulu, büyüklerden değil de, çocuklardan kurulmuş olsaydı, romanımız bir derece alırdı sanırım. Ama yine de birazcık şansımız var gibi geliyor bana. Şimdiye kadar okuduğum bazı çocuk romanlarını düşündüm: Yoksul bir köy çocuğunun okumak için savaşı... Geziye çıkmış çocukların başından geçen meraklı serüvenler... Yoksul bir çocuğun çalışarak, hasta annesine bakması, kardeşine yardımı... Hep sonunda ders çıkarılan öğütlerle dolu romanlar. Bizimkisi onlara benzemiyor.

Romanımız kazanmasa da, nasıl olsa, sen birinci olacaksın. Çünkü, günün birinde baba olunca, sen de bütün babalar gibi çocuklarına birinci olduğunu söyleyeceksin. (Aman hiç olmazsa bu son mektubumu, yarışmaya göndereceğin mektuplar arasına katma!)

Avutmak için söylemiyorum; kazanmasan da önemi yok. Büyüyünce yazar olacağım diyordun ya, işte o zaman bu mektupları kitap olarak bastırırsın.

Candan başarılar dilerim. Bütün arkadaşlara özlemle selamlarımı yollarım.

Zeynep Yalkır

Yazardan Çocuklara Mektup

Ankara, 11 Nisan 1967

Sevgili Çocuklar!

Hayır, "sevgili çocuklar" değil, sevgili çocuklarım,

Hepinizi, kendi çocuklarımmışsınız gibi seviyorum. Bütün sevgilerde olduğu gibi, bu sevgide de bencilliğimiz var. Çünkü, biz yaşı ilerlemiş olanlar, sizlerde yaşayacağımızı, süreceğimizi sanıyoruz, buna inanıyoruz. Yalnız kendi öz çocuklarımı değil, yalnız Türk çocuklarını değil, Amerikan, Rus, Alman, Ermeni, Çin, Çingene, bütün çocukları seviyorum.

Çok iyi bildiğiniz bişeyi, bir de ben burda açıklayayım. Kolayca anladığınız gibi, bu kitaptaki mektupları, Zeynep'le Ahmet adındaki iki çocuk birbirine yazmadı. Onları ben yazdım, Zeynep'le Ahmet adına onları ben uydurdum. Beşinci sınıf öğrencisi iki çocuğun birbirine bu kadar çok, bu kadar uzun, hem de bu kadar yanlışsız mektup yazamayacağını siz çok iyi bilirsiniz. İçinizden ikiniz, birbirinize gerçekten mektuplar yazıp bunları toplasaydınız, dil yanlışları, imla yanlışları, daha başka yanlışlar yapacaktınız. Ama sizinkiler, yine de benim yazdıklarımdan çok daha güzel olacaktı. Çünkü, siz yazdıklarınızda özden ve doğal olacaktınız. Büyümüşlerle çocukların en büyük ayrılığı işte budur: Sizler de büyüdükçe bize benzeyecek, özdenlikten gittikçe uzaklaşacaksınız.

Bu kitapta, en yapılamayacak olanı yapmaya çalıştım, kendimi sizin yerinize koymaya uğraştım. Bu, hiç yapılamayacak olan bişeydir. Çünkü, büyümüş insanlarla kendi çocuklukları arasında, belki bin, belki ikibin yıllık bir zaman vardır sanki. Onun için biz büyümüşler, kendi çocukluğumuzu unuturuz. Anneniz, babanız, öğretmeniniz de, kendi çocukluklarını unutmuşlardır.

Zeynep'le Ahmet adında iki çocuğun ağzından uydurup yazdığım bu mektuplar, gerçekten, bir roman yarışmasına girdi ve hiçbir derece almadı. Bunda hiç haksızlık olmadığını ben size söyleyeyim. Mektuplardan kurulu bu roman yarışmada derece alamazdı. Çünkü, bu romanı okuyan yargıcılar kurulundaki büyükler de, aradan bin yıl geçmiş olduğu için, yani sanki böyleymiş gibi olduğu için, kendi çocukluklarını unutmuşlardı. Zeynep'le Ahmet de, bunu sezinlemişlerdi.

Çocuklar için yazan bütün yazarlar gibi, ben de kitapta toplanan yazılarımla sizlere öğütler vermek istedim. Ne var ki, bu öğütlerin veriliş biçimi, başka büyümüşlerin çocuklara verdiği öğütlere benzemiyor. Ama gerçek yaşamımda, öz çocuklarıma böyle yapabildiğimi sanmayınız. Ben de, öz çocuklarıma, bütün öbür büyümüşler gibi davranıyorum. Çünkü, sanki aradan binlerce yıl geçmiş gibi, ben de çocukluğumu unutmuşum. Bunun yanlış olduğunu bilsek bile, başka türlü davranmak elimizde değil.

Bu kitapta toplanan yazılarımda bişey daha yapmak istedim, o da şu: Ben büyükmüşüm de, siz de çocukmuşsunuz gibi davranmadım size. Kendim sizler gibi çocuk olamadığıma göre, sizleri de kendim gibi büyümüş saydım. Sizi çocuk yerine koymadım, büyümüşler yerine koydum, ama yine de çocuk olduğunuzu gözden uzak tutmamaya çalıştım. İşte bunun için, bu kitapta neler yapmak istediğimi, size açıklamaya çalışıyorum.

Her dediğimi, kendi ölçütleriniz oranında, anlayacağınıza inanıyorum.

Hepinize candan başarılar dilerim, sevgili çocuklarım.

Aziz Nesin

Bu Kitabın Yazarından Okurlarına İkinci Mektup

Sevgili Okurlarım!

Yaşlarınız küçük diye hiçbir gerçeğin sizlerden saklı kalmasından yana değilim. Büyüklerin kendi aralarında konuşup tartıştıkları her konu, sizlere de anlatılmalıdır. Hatta dünyanın karmaşık politika sorunlarını da, cinsel sorunları da öğrenmelisiniz. Çocukların anlayamayacakları hiçbir sorun yoktur. Olsa olsa, dinleyenlerin yaşlarına göre, konuların anlatılış biçimi değişebilir. Diyelim kırk yaşında insanlar, herhangibir konuyu, kendi aralarında konuştukları biçimde, oniki yaşında çocuklara da anlatmaya kalkarlarsa, çocuklar bundan elbet bişey anlamazlar. Ama bu konunun, oniki yaşında çocukların da anlayacakları biçimde bir anlatılışı vardır.

Sizlere çoktanberi bu romana değgin bir gerçeği anlatmak istiyordum. Ama uygun bir anlatım biçimi bulamıyordum. Anlatmak istediğim şuydu:

Okuduğunuz bu roman, bir bankanın açtığı çocuk romanı yarışmasına katılmıştı. Yarışmada, birincilik, ikincilik, üçüncülük derecelerinden başka beş de mansiyon vardı. Bu roman hiçbir dereceye giremedi. Neden yarışmada hiçbir derece alamadı? Önüme çıkan bir olay, işte bu nedeni bana açıklama fırsatı verdi.

1975 yılında altmış yaşıma basmıştım. Kitaplarımı çıkaran bir yayınevi, altmışıncı yaşım için bir tören düzenlemişti. Bu törendeki konuşmacılardan yazar Onat Kutlar, bana değgin anılarını anlatmıştı. Anıları arasında, *Şimdiki Çocuklar Harika*'nın neden yarışmayı kazanamadığını da açıklamış oldu.

Bu anısını anlatıncaya dek, Onat Kutlar'ın o roman yarışmasının ilk seçiciler kurulu üyesi olduğunu bile bilmiyordum.

Onat Kutlar'ın, altmışıncı yaş günüm toplantısında anlattığı anısını buraya aktarıyorum. Siz bu anıyı okuyunca, "Şimdiki Çocuklar Harika"nın neden çocuk romanları yarışmasında kazanamadığını öğrenmiş olacaksınız. Öğreneceksiniz de ne olacak? Kendi kendinize bundan bir ders çıkaracaksınız. Çıkaracağınız ders, sanırım şudur: *Şimdiki Çocuklar Harika* adlı bu romanın yarışmayı kazanamayışını haklı buluyorsanız, büyüyünce, siz de böyle yapacak, böyle davranacaksınız. Haklı bulmuyorsanız, böyle haksızlıkları yapmamaya ve kendinize de yaptırmamaya çalışacaksınız. Ancak bu romanın altıncı basımına ekleyebildiğim bu açıklamanın amacı, kendinize işte böyle bir ders çıkarmanızdır.

Şimdi de, Onat Kutlar'ın sözü geçen konuşmasını okuyalım:

"Sayın Konuklar,

Sayın Aziz Nesin'i sadece birkaç yıl önce şahsen tanımak olanağını bulduğum halde, onun altmışıncı doğum yıldönümünde konuşma onurunun bana verilmesi güzel bir sürpriz oldu. Aziz Nesin sadece Türk yazınının halkımızla en geniş ölçüde diyalog kurabilen büyük bir adı olmakla kalmayıp, Nasreddin Hoca'nın ülkesinin gülen ve düşünen yüzünü bütün dünyaya tanıtan sanatçımızdır.

İzninizle ben bugün Aziz Nesin'le ilgili, belki onun da bilmediği ama merak ettiği olayı, bir anıyı anlatacağım sizlere: 1963 veya 1964 yılıydı sanırım. Yazı işleri sekreteri olarak çalıştığım Doğan Kardeş Dergisi bir 'Çocuk Romanı Yarışması' düzenlemişti. Türk yazarlarının ihmal edilmiş bulunan Çocuk Edebiyatı alanına eğilmesini sağlayacak böyle bir girişimi sevinçle karşıladım. Derginin Genel Yayın Müdürü Vedat N. Tör bu konuyla benim ilgilenmemi istedi. Jüride yer alacak yazarların bir bölümünü ben önerdim. İlk elemeyi Ahmet Kutsi Tecer ve ben yapacaktık. Ödülleri ise Tahir Alangu, Rauf Mutluay, Behçet Necatigil, Memet Fuat ve Ahmet K. Tecer'den oluşan bir jüri kararlaştıracaktı. Yarışma ilan edilince yapıtlar yağmaya başladı. Yüzden fazla roman katıldı yarışmaya. Zarflar rumuzluydu. Yapıtların kime ait olduğunu ancak sonuçlar açıklanınca öğrenecektik. Başlangıçta keyifli, sonra yorucu gelmeye başlayan bir işe koyulmuş oldum. Genellikle çok amatör, çırpıştırılmış, çocukların dünyasından çok kendi çocukluklarını anlatan başarısız müsveddelerdi. Arada sırada usta işi bazı yapıtlara rastlıyor, ferahlıyordum. O sırada oğlum henüz pek küçüktü ama ben gene de daha nesnel olabilmek için yapıtları evde yüksek sesle yakınlarıma okuyordum. Bir gün, sıra, iki çocuğun mektuplaşmalarını anlatan bir yapıta geldi. Başlığı, şimdi basılan kitaptan değişik miydi pek bilemiyorum. Ama daha ilk sayfada, karımın ve benim yüzlerimizin içten bir gülüşle aydınlandığını çok iyi hatırlıyorum. Çocuğa hayaller vermek yerine, onların gözüyle gerçek dünyamızı yansıtan, üstelik bunu çarpıcı bir mizah ve eleştiriyle yapan bu kitap küçük bir başeserdi. Sayfaları ilerledikçe sesli okuma imkânsız hale geliyordu. Karım ve ben kimi yerlerde gülmekten kırılıyorduk. Son sayfalara geldiğimde kendi kendime bir tahminde bulundum. Büyüklerin dünyasını, ikiyüzlülüklerini, yalanlarını, toplumdaki haksızlıkları, eğitim alanındaki saçmalıkları çocuk gözüyle veren bu yapıt mutlaka ödülü kazanacaktı. Yazarının Aziz Nesin olduğunu hemen anlamıştım. Ama beni heyecanlandıran Aziz Nesin ismi değildi. Çünkü az çok tahmin ediyordum ki katılanlar arasında başka ünlü yazarlarımız da vardı. Ama bu kitap kendi başına bir özgünlüğe ve değere sahipti.

İlk elemeden 18 yapıt geçti. Ve jüri ilk toplantısını yaptı. Bu ilk toplantıya favori kitabımın nasıl tepkiler uyandıracağını görmek için izleyici olarak katıldım. Ancak daha ilk konuşmalarda beni hayal kırıklığına uğratan bir yargıyla karşılaştım. Jüri, Aziz Nesin'in yapıtını daha ilk turlarda elemeye kararlıydı. Dördü aynı zamanda öğretmen olan jüri üyelerinin çoğunluğu kesin yargılarla kitabı eleştiriyorlar, eğitsel yönden hatalı, öğretmenleri küçük düşürücü buluyorlardı. Hepsini, öğretmen oluşlarının çok ötesinde birer yazar olarak sevdiğim, değer verdiğim bu kişilerin tavrını şaşkınlıkla izledim. Ödüller başka romanlara verildi ve ben o toplantıdan ayrılırken Aziz Nesin'in çocuk kahramanlarının ne kadar haklı olduklarını düşünüyordum.

Bana kalırsa bu kitap öğretmenleri gülünç duruma düşürmek şöyle dursun, eğitimdeki aksaklıkları göstererek toplumumuzu gülünç olmaktan kurtarıyordu. Büyük Bulgar sinema sanatçısı ve mizahçısı Todor Dinov'un sık sık hatırladığım bir sözü var. İlk kez Türkiye'ye Sinematek'in konuğu olarak geldiğinde Türk mizahçılarına şu mesajla seslenmişti: 'Mizah, dünyamızı gülünç olmaktan kurtarır.'

Haksızlıklar, çirkinlikler, baskılar içindeki ülkemizi gülünç olmaktan kurtaran değerli sanatçımızın daha nice yıllar doğum yıldönümlerini birlikte kutlamak dileğiyle saygılar sunarım."

Yankılar

Bir Eleştiri
İKİ ÇOCUK

Yolum düşmüşken Çatalca'da Nesin Vakfı'nı göreyim dedim. Güneş-toprak yanığı uzun boylu, orta yaşlı, güleç bir usta koşageldi. Aziz Nesin, bir hafta kalmış, yeni dönmüş. Nesin Vakfı yönetimevi önünde ayakta konuştuk ustayla. Yurdun yapısı bitmiş, biliyoruz her yıl dört kimsesiz yoksul çocuk alınacak Nesin Vakfı'na, ilkokuldan başlatarak yüksekokulu, meslek okulunu bitirinceye, yada bir meslek edininceye dek tüm gereksinmeleri sağlanarak barındırılacak, yetiştirilecek. Nesin, salt yapıtlarında değil, vakfında, çocuklarında da yaşayacak. Çocuklara Mektup'unu anımsayın: "Hepinizi, kendi çocuklarımmışsınız gibi seviyorum. Bütün sevgilerde olduğu gibi, bu sevgide de bencilliğimiz var. Çünkü biz yaşı ilerlemiş olanlar, sizlerde yaşayacağımızı, süreceğimizi sanıyoruz, buna inanıyoruz. Yalnız kendi öz çocuklarımı değil, yalnız Türk çocuklarını değil, Amerikan, Rus, Alman, Ermeni, Çin, Çingene, bütün çocukları seviyorum." Vakıf işlerlik kazandıkça, çocukları çoğaldıkça, yapıtları bizde, yurt dışında yayıldıkça çocukların Nesin Usta'ya duydukları sevgi de çoğalacak. İçten, gönülden, eşit, özgür, gerçek bir sevgi bu, değeri büyük.

Çatalca dönüşü, yaz tembelliğinde, *Şimdiki Çocuklar Harika*'yı okudum, yeniden. Ne güzel örnekler vermişiz, veriyoruz çocuklarımıza! Gençlerimizi ne de güzel yetiştiriyoruz! Sonra da "Niçin böyleler?" diye yakınıyoruz. İçimizi, davranışlarımızı, çarpıklığımızı gösteren bu tür aynalara bir baksak ya! Baksak görür müyüz acaba özdenlikten nice uzak olduğumuzu? Sözlerimizle davranışlarımızın, yaptıklarımızın tutarsızlığını? Bencilliğimizi, çıkarcılığımızı, cüceyken devce şişinmelerimizi? Çocukları anlamak, anlatmak kolay mı? Değil. Aziz Nesin de söylüyor: "Bu kitapta, en yapılamayacak olanı yapmaya çalıştım, kendimi sizin yerinize koymaya uğraştım. Bu, hiç yapılamayacak olan bişeydir. Çünkü, büyümüş insanlarla kendi çocuklukları arasında, belki bin, belki ikibin yıllık bir zaman vardır sanki. Onun için biz büyümüşler, kendi çocukluğumuzu unuturuz. Anneniz, babanız, öğretmeniniz de, kendi çocukluklarını unutmuşlardır." Zeynep'le Ahmet'in, iki ilkokul çocuğunun mektuplarından oluşan kitabı yeniden, bir solukta okudum. Yeniden güldüm. Düşündüm. Yeniden o yanılgı: Bunca sade, yalın, hemen söylenivermiş, yazıya geçirilivermiş sanısı uyandıran kitabı ben de yazabilirdim. Nesin Usta'nın üstünlüğü, geçerliliği, kalıcılığı biraz da bu sadelikten, özdenlikten, yanılgıdan gelmiyor mu? Hepimize, tüm insanlara seslenmesinden. Çocuk da insan. Şimdiki Çocuklar Harika için, "Bu romanı, salt çocuklar için değil, ana, babalarla öğretmenler için de yazdım" diyor Aziz Nesin. Kasıntılar varsın küçümsesin, gülünçlü diye. Todor Dinov ne demiş: "Mizah, dünyamızı gülünç olmaktan kurtarır." Çocuklarımızdan yakınıyoruz, özellikle gençlerimizden. Onlar bizden, büyüklerden yakınıyorlar mı? Yakınmaya hakları yok mu? Kulak verelim: İlkokul 2. sınıfında, sekizindeki çocuklara sormuşlar: "Siz baba olsanız, babanız da çocuğunuz; suç işlediğinde ona ne ceza verirsiniz?" Yanıtlar korkutucu, şaşırtıcı, düşündürücü. Biri topal ata bindiriyor babasını. Üstüne çadır örtüyor. Tepesine bıçak asıyor. At topalladıkça bıçak babasının kafasına dokunacak, akıllandıracak onu. Öbürü, çok konuşan babasının ağzına fermuar dikiyor. Gezmeye götürmeyenler, eşeklerin yanında yem yedirenler, ayaklarından tavana asanlar, ağaca bağlayıp kırbaçlayanlar, pastırma gibi doğrayanlar, eşek sudan gelene kadar dövenler, kaynar suyla haşlayanlar da var. Ayrıca her üç çocuktan biri annesinden memnun değil. Çocuklar, sevgi, ilgi, hoşgörü, arkadaşça davranış, güler yüz, özenli giyim, kültür, temizlik, çalışkanlık, fedakârlık bekliyor annelerinden. İçkiye, sigaraya da karşılar. Ahmet'le Zeynep, ailelerini seviyorlar. Ilımlı, akıllı, çalışkan, apaçık yürekli çocuklar. İlk dört yılı birlikte okumuşlar. Zeynep'in babası Ankara'ya göç edince mektupla sürdürüyorlar arkadaşlıklarını, İstanbul-Ankara arası. Müfettişin denetimini yazıyor Ahmet. Sırasıyla aynı soruları yöneltiyor ya, tüm sınıf ezberlemiş yanıtlarını. Sıra bozulunca cümbüş başlıyor. Ezberciliğin doğal sonucu, arada "Kaç yaşındasın?" deyince müfettiş, Amerika'nın keşfini soruyor sanısıyla: "1492 efendim..." yanıtı hazır.

Bütün babaların birinci olması da doğal: "Ben, okulun birincisiydim." Bahçede, çocuklar konuşurken birbirlerine, "Benim babam okulun birincisiymiş," derler. Babaları kaç kez söylerdi bunu. Sonra, okul arkadaşları evde buluşunca gerçek çıkar ortaya. Zeynep'in kardeşi Metin, işi gevşek tutunca, babasından aynı şarkı: "Ben bütün hayatımda sınıfımın en çalışkanıydım..." Zeynep'in yargısı ilginç: "Baba, Metin de bigün baba olunca, çocuklarına, sınıflarını birincilikle geçtiğini söyler." Öğretmenlerin, yeni atandıkları okulda, öğrencilerine ilk sözleri: " Çocuklar, eski öğrendiklerinizi hep unutacaksınız. Anladınız mı? Yeni baştan öğreneceksiniz herşeyi." Neden? Eh, eski öğretmen iyi öğretmemiş, kendisi en doğrusunu biliyor, eskisinden çok üstün o. Çalışan kazanır değil mi? Zeynep'in babası evde yakınır durur: "Sanki biz okuduk, çalıştık da ne olduk... İşte ancak Zeynel Beyin yanında iş bulabildik." İş, Zeynel Beyin çocuğuna kızını vermeye gelince Zeynel Bey dangalaklıktan beyefendiliğe terfi ettirilir evde. Metin şaşalar, kızar, bozar nişan düşlerini. Fedakârlık diye çoğu kez gösterişe kaçar, çocuklarımıza da fedakâr olun deriz.

Elli iki öğrenci her gün yazılı olur mu? Öğretmen nasıl okur kâğıtları, nasıl değerlendirir? Zeynep, anlatır mektubunda... Bir rastlantı sonucu, öğretmenin yazılı kâğıtları okumadığı anlaşılır. Sorulara yanıt diye Galatasaray-Fenerbahçe maçını anlatanlar vardır.

"Vicdan azabı"nı çocuk nasıl yorumlasın, anlatsın? Demir, babasına sormuş, "Çocuklar vicdan azabı çekmezler," demiş babası, "çünkü vicdan azabı çekilecek olaylar için, daha zamanları olmamıştır. Vicdan azabı çekilecek işler yapmak için büyümek, büyük adam olmak gerekir." Sekiz kız babasının, son kızını erkek gibi giydirip yetiştirmesi, utancından onu erkek diye tanıtması erkeklik mi? Erkekle kadın eşit değil mi? Üstelerseniz, Ahmet'in babasında yanıt hazır: "Sen daha anlamazsın..." Yaş gününde varsıllık budalalığını görüp de susmak, görmezlikten gelmek kolay mı? Çocuklarımızı zorla dâhi yapabilir miyiz? Aptal ederiz. Büyüklerin sözleri başka, davranışları başka: Damlaya damlaya göl olur, der Zeynep'in babası. Bir yılbaşı gecesi, dışarıda, onca savurganlık yaptıklarında küçük Metin yetiştirir: "...sel olur." Pasaklı kız, pasaklı oğlan sözcükleri çok geçer evlerde. Büyükler başka çeşit mi? Nesin Usta'yı okuyun.

Çocukların kötü sözcükler kullanmamalarını, terbiyeli olmalarını isteriz. Biz büyükler öyle miyiz? "Yurtsever olunuz" söylevlerini, yazılarını yineler dururuz. Ya kendimiz? Ünlü bir yazar, gazeteci de olsak, bencil, çıkarcı örnekleri sergileriz yaşamımızda. Önemsiz bir güçlüğe, eşit bir sıkılığa gelemeyiz, dayı ararız. Çıkarını düşünen, emeğin karşılığını esirgeyen patron, kahramanlık öyküleri anlatır, duygululuk gösterileri sıralar. Sanki, olsa da tümüne verse, veremediği için ağlamaklı görüntüleri. Okul-Aile Birliği toplantılarında neler konuşulur? Yaramazlığın, şımarıklığın adı nasıl "hârika"ya çıkar. Karıkoca kavgaları nasıl canım, cicimle örtülmeye çalışılır? Evde nasıl, misafirin yanında nasıl konuşulur, davranılır? Büyükler nasıl kopya çektiklerini aralarında anlatıp çocuklarına, "Aman kopya çekmeyin," öğüdünü verirler? Öğretim, eğitim nasıl ezbere, ezberciliğe, geçersiz bilgilere dayandırılır? Çocuklara "Aman yalan söylemeyin?" diyen büyükler nasıl yalan söyler? Çocuk Bayramındaki müsamerelerde çocuklar niçin kendi çağlarını, yaşamlarını oynamazlar da takma bıyıkla, sakalla acıklı oyunları güldürüye çevirirler? Öğretmenleri, yöneticileri niçin öyle oyun seçerler?

Şimdiki Çocuklar Harika'nın sonunda Aziz Nesin, küçük okurlarına, "Yaşlarınız küçük diye hiçbir gerçeğin sizlerden saklı kalmasından yana değilim. Çocukların anlayamayacakları hiçbir sorun yoktur." diyor. Acı, gülünçlü gerçekler büyüklerden de saklanmamalı. Sorunlar da. Onat Kutlar haklı: "Büyüklerin dünyasını, ikiyüzlülüklerini, yalanlarını, toplumdaki haksızlıkları, eğitim alanındaki saçmalıkları çocuk gözüyle veren bu yapıt" okunmalı. Yayınlanmış yapıtlarının sayısı yaşını aşan, yapıtlarının tüm gelirini kimsesiz, yoksul çocuklara adayan, "haksızlıklar, çirkinlikler, baskılar içindeki ülkemizi gülünç olmaktan kurtaran değerli sanatçı"yı içtenlikle kutlamak görevimiz.

Naci Girginsoy, "Varlık", Eylül 1978

Aziz Nesin'e özgü başlıca yazım biçimleri

-beri
-buçuk
aradabir
arasıra
arayer
ardarda
azbiraz
azçok
azkaldı
azkalsın
başüstüne
beribenzer
bibakıma
bibaşına
biçok

bidolu
bigün
bikaç
bikez
birara
birarada
birdenbire
biriki
bisüre
bisürü
bişey
bitakım
bitane
bitek
bitürlü

biyana
biyer
buyüzden
candarma
cıgara
çokaz
çukulata
enaz
ençok
epiy
fotograf
gülegüle
hangibir
herbir
herbişey

hergün
herhangibir
herhangibiri
herneyse
herşey
hertürlü
heryan
heryer
herzaman
hiçbişey
hiçkimse
hoşgeldin
hoşbulduk
Istanbul
ikidebir

işgören
kıravat
kimbilir
nağra
pekaz
pekçok
sağol
Sıvas
tiren
varol
yada

yazıyla gösterilen her sayı bitişik

Aziz Nesin

(Mehmet Nusret Nesin)

(20 Aralık 1915, Heybeliada, İstanbul • 6 Temmuz 1995, Çeşme, İzmir)

BÜTÜN KİTAPLARI

Roman: Kadın Olan Erkeğin Hatıraları (1955), Düğümlü Mendil (1955), Gol Kralı (1957), Erkek Sabahat (1957), Saçkıran (1959), Zübük (1961), Şimdiki Çocuklar Harika (1967), Tatlı Betüş (1974), Surnâme (1976), Yaşar Ne Yaşar Ne Yaşamaz (1977), Tek Yol (1978).

Öykü: Parti Kurmak Parti Vurmak (1946), Geriye Kalan (1953), İt Kuyruğu (1955), Yedek Parça (1955), Fil Hamdi (1956), Damda Deli Var (1956), Koltuk (1957), Kazan Töreni (1957), Deliler Boşandı (1957), Mahallenin Kısmeti (1957), Ölmüş Eşek (1957), Hangi Parti Kazanacak (1957), Toros Canavarı (1957), Memleketin Birinde (1958), Havadan Sudan (1958), Bay Düdük (1958), Nazik Alet (1958), Gıdıgıdı (1958), Aferin (1959), Kördöğüşü (1959), Mahmut ile Nigâr (1959), Hoptirinam (1960), Gözüne Gözlük (I960), Ah Biz Eşekler (I960), Yüz Liraya Bir Deli (1961), Bir Koltuk Nasıl Devrilir (1961), Biz Adam Olmayız (1962), Yeşil Renkli Namus Gazı (1964), Sosyalizm Geliyor Savulun (1965), İhtilali Nasıl Yaptık (1965), Rıfat Bey Neden Kaşınıyor (1965), Vatan Sağolsun (1968), İnsanlar Uyanıyor (1972), Hayvan Deyip de Geçme (1973), Seyyahatname (Duyduk Duymadık Demeyin) (1976), Büyük Grev (1978), 70 Yaşım Merhaba (1984), Kalpazanlık Bile Yapılamıyor (1984), Maçinli Kız İçin Ev (1987), Nah Kalkınırız (1988), Rüyalarım Ziyan Olmasın (1990), Aşkım Dinimdir (1991), Gözünüz Aydın Efendim (1997), Herkesin İşi Gücü Var (2005).

Oyun: Biraz Gelir misiniz (1958), Bir Şey Yap Met (1959), Toros Canavarı (1963), Düdükçülerle Fırçacıların Savaşı (1968), Üç Karagöz Oyunu (1969), Çiçu (1969), Tut Elimden Rovni (1970), Hadi Öldürsene Canikom (1970), Beş Kısa Oyun (1979), Bir Zamanlar

Memleketin Birinde (1992), Başarılarımı Karılarıma Borçluyum (1992), Sait Hopsayıt (1992), Yaşar Ne Yaşar Ne Yaşamaz (1992).

Anı: Bir Sürgünün Anıları (1957), Böyle Gelmiş Böyle Gitmez I - Yol (1966), Poliste (1967), Böyle Gelmiş Böyle Gitmez II - Yokuşun Başı (1976), Suçlanan ve Aklanan Yazılar (1982), Benim Delilerim (1984), Salkım Salkım Asılacak Adamlar (1987), Bulgaristan'da Türkler, Türkiye'de Kürtler (1989), Onursal Doktor Olamamanın Büyük Onuru (1993), Mum Hala (1996), Böyle Gelmiş Böyle Gitmez III - Yokuş Yukarı (1996), Bir Vicdan Davası (1998), Birlikte Yaşadıklarım Birlikte Öldüklerim (2006).

Şiir-taşlama: Azizname (1948), On Dakika (1957), Sondan Başa (1984), Seviye On Ölüme Beş Kala (1986), Kendini Yakalamak (1988), Hoşça Kalın (1990), Bir Aşk Var, Bir de Ölüm (1992), Hazreti Dangalak (1992), Sıvas Acısı (1995).

Araştırma-deneme-söyleşi: Mizah Hikâyeleri Antolojisi (1955), Nutuk Makinesi (1958), Az Gittik Uz Gittik (1959), Merhaba (1971), Cumhuriyet Döneminde Türk Mizahı (1973), Dünya Kazan Ben Kepçe I - Irak ve Mısır (1977), Dünya Kazan Ben Kepçe II – Alamanya (1983), Ah Biz Ödlek Aydınlar (1985), Soruşturmada (1986), İnsanlar Konuşa Konuşa (1988), Korkudan Korkmak (1988), Sora Sora Cennet Bulunur (1990), Bir Tutam Aydınlık (1994), Bir Dokun Bin Dinle (1994), Çuvala Doldurulmuş Kediler (1995), Türkiye Şarkısı Nâzım (1997), Okuduğum Kitaplar (2001).

Mektup: Aziz Nesin-Ali Nesin Mektuplaşmaları (1994-1995), Aziz Nesin-Tahsin Saraç Mektuplaşmaları (1995), Aziz Nesin-Meral Çelen Mektuplaşmaları (1998), Aziz Nesin-Saliha Scheinhardt, Mektuplar (1999).

Çocuklar için: Monologlar (1949), Uyusana Tosunum (1971), Bu Yurdu Bize Verenler (1975), Borçlu Olduklarımız (1976), Pırtlatan Bal (1976), Aziz Dede'den Masallar (1978), Ben de Çocuktum (1979), Anıtı Dikilen Sinek (1982), Nasrettin Hoca Gülütleri (1991).